01. 山頭火肖像
02. 新山口驛（舊小郡驛）前之山頭火塑像

03.04. 新山口驛（舊小郡驛）前之山頭火塑像

05. 山頭火生家跡

06. 山頭火生家跡句碑：うまれた家はあとかたもない　ほうたる

07. 山頭火故鄉館
08. 其中庵

10

09

12

11

09. 其中庵　10. 其中庵看板　11. 其中庵句碑：いつしか明けている茶の花
12. 其中庵祠

14

13

16

15

13. 其中庵寢牛石句碑：春風の鉢の子一つ
14. 其中庵寢牛石句碑：介紹看板　15. 其中庵
16. 其中庵後側休憩所句碑：母よ　うどんそなへて　わたくしもいただきます

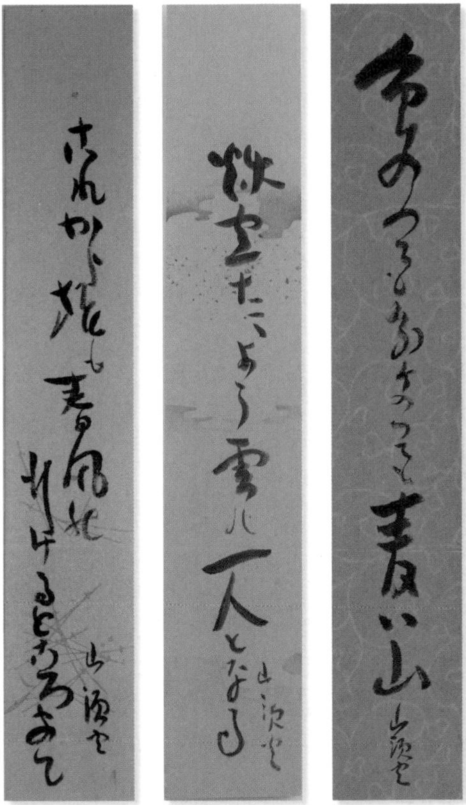

19　18　17

17. 分け入っても分け入っても青い山
18. 秋空にたゞよう雲の一人となる
19. これから旅も春風の行けるところまで

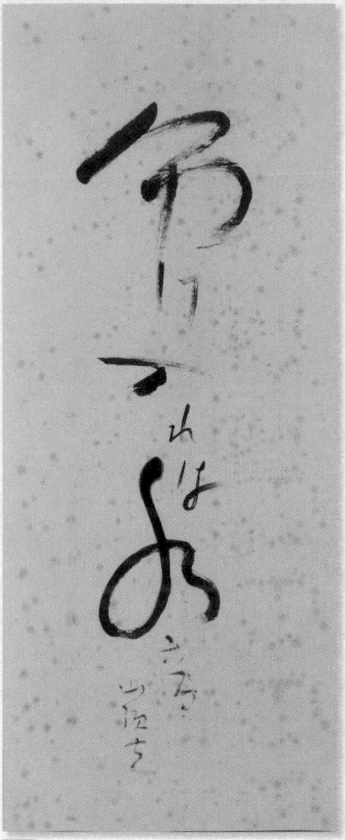
22

21

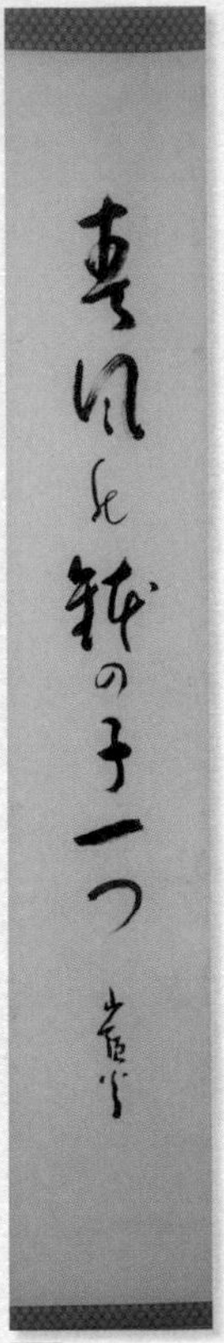
20

20. 春風の鉢の子一つ
21. 鉄鉢の中にも霰
22. 分け入れば水音

行乞的詩人

種田山頭火俳句百首精選

種田山頭火　著
林水福　譯釋

目錄

序

行乞的俳句詩人——種田山頭火

林水福

一、山頭火從不被承認到廣為熟知

聞名日本的山頭火拉麵，臺灣也有。

山頭火，這名稱從何而來？

其實，是從俳句詩人種田山頭火來的。

談到俳句，喜歡俳句的讀者，心中首先浮現的可能是松尾芭蕉或者小林一茶、与謝蕪村，如果對俳句歷史有興趣的朋友，或許還會想到松永貞德、西山宗因等俳句的開創者，至於山頭火，知道或想到的也許不多。

山頭火的俳句屬於自由律派，字數非定型的17音，也沒有季語。有一段相當長的時期，他的俳句是不被各界承認的。直到丸谷才一的小說《横時雨》、宮本研的戲曲《孑然背影，初冬暮雨緩步行》、早坂曉的電視劇《為何這麼寂寞的風吹拂》皆以山頭火為素材，山頭火的俳句才逐漸廣為熟知。

現在有關山頭火的書籍已不勝枚舉，雜誌、電視也進行了多次專題報導。

吉田正孝以二〇〇三年（平成十五年）初中三年級的教科書為例，說明各冊收錄山頭火俳句之情形（※非全面性調查）：《中学生の国語》、《中学校国語》、《新しい国語》、《国語》皆收錄了「撥草前行行復行　依舊青山入眼來」；《中学校国語》則收錄了「黃昏驟雨，土地公和我濕淋淋」。

吉田正孝並說，國中教科書收錄自由律俳句詩人的作品，是他初中時期（一九五〇年代後期）無法想像的。

其次，二〇〇八年（平成二十年）的教科書《新しい国語》、《国語3》、《現代の国語3》皆收錄了「撥草前行行復行　依舊青山入眼來」。

而高中的情形又是如何呢？

二〇〇三年（平成十五年）版本中，《新編国語総合》的「短歌・俳句」單元收錄了「撥

草前行行復行　依舊青山入眼來」。

《精選国語総合》的「詩・短歌・俳句」單元收錄了「撥草前行行復行　依舊青山入眼來」。

《新編国語総合》的「與詩歌相遇」單元收錄了「撥草前行行復行　依舊青山入眼來」。

《標準国語総合》的「短歌與俳句」單元收錄了「撥草前行行復行　依舊青山入眼來」與「孑然背影，初冬暮雨緩步行」二句。

《国語総合》的「短歌・俳句」單元收錄了「撥草前行行復行　依舊青山入眼來」與「孑然背影，初冬暮雨緩步行」二句。

二〇〇八年（平成二十年）高中教科書裡收錄的情形如下：

《精選国語総合》的「詩歌　俳句抄」單元收錄了「撥草前行行復行　依舊青山入眼來」。

《精選国語総合》的「短歌・俳句」單元收錄了「孑然背影，初冬暮雨緩步行」。

《新精選国語総合》的「短歌・俳句」單元收錄了「孑然背影，初冬暮雨緩步行」與「故鄉冷雨中　赤腳我獨行」。

雖然吉田正孝的資料不齊全，也不是最近的；不過，由以上的說明，我們可以了解到山頭火的自由律俳句，無論喜歡與否，它的存在不容否定，這是鐵的事實。

二、山頭火的俳句觀

山頭火認為：「傑出的俳句——雖然只看其中的少數——不知道作者的境遇，就無法充分體悟。可以說沒有『前言』的俳句是不存在的，所謂『前言』指的是作者的生活，無生活前言的俳句是不可能的。」

山頭火的俳句觀或許無法「以偏概全」，因為有些俳句優游於自然，與作者的生活背景無關。不過，純粹就山頭火的俳句而言，不知道他的生活背景便無法深入了解俳句的醍醐味，這個論點是可以成立的。

基於此，我們絕對需要先了解山頭火的生平。

三、山頭火的家世

1—由盛轉衰、一門之不幸

種田山頭火，本名種田正一，一八八二年（明治十五年）十二月三日生於山口縣佐波郡西佐波令村一百三十六號，父種田竹治郎，母房（ふさ，讀音fusa）。

父親竹治郎繼承防府家產，住家八百餘坪，是在地屈指可數的大地主，也是地方有力人士，又擔任村公所祕書，熱中於政治活動。

種田家距離防府天滿宮（日本祭祀菅原道真最古老之處）徒步約十分鐘。距離天滿宮前的繁華街道僅幾分鐘，煙花柳巷的嬌聲與三味線聲音不絕於耳。竹治郎最常去的社交場所便是五雲閣，沉迷女色不能自拔。

他的母親房，於一八九二年（明治二十五年）三月六日投自家深井而死。那時正一九歲，對當時情景自然不甚清楚，不過後來他回憶道：

「啊，亡母的追懷！如果我寫自傳，開頭的第一句非寫——我一家的不幸是從母親自殺開始的。」

母親投身的古井，在葬禮之後填埋了，旁邊種著的黑松好像什麼事也沒發生，兀自投影在井的附近。正一坐在母屋的屋緣，雙眼無神地望向黑松樹頂，追憶母親。正一的孤獨無止境，然而，無論如何母親都不會回來了。母親不在，自己就是母親的分身，自己身上流著母親的血液。正一幼小的心靈忍受著跟母親死別的悲傷。

正一上有大一歲的姊姊福，下有小二歲的妹妹靜、小五歲的弟弟二郎、小七歲的么弟信一，五個小孩全部由祖母鶴照顧。父親投入政治、生活放蕩，導致大種田的家產耗盡。（因從種田宅到距離約八百公尺的三田尻驛（今防府驛），乘坐汽車不用踏到別人家的土地，故當地人稱大種田。）母親死後一年，祖母照顧不來這麼多孩子，將二郎過繼給他人當養子。

翌年，么弟信一因感冒轉為急性肺炎，死了。

2 山頭火的學業

山頭火從佐波村立松崎尋常高等小學畢業時，成績是全班六十人中的前十五至二十名。他中學念的是私立周陽學舍，以第一名畢業。接著讀山口尋常中學四年級，畢業時，在一百五十一人中排二十二名。

一九〇二年（明治三十五年），山頭火考進早稻田大學的文學科，是第一屆學生，他從坪內逍遙地學習英語及文學。文學科八十五名同學中，有小川未明、吉江喬松、村岡典嗣……等，之外也有波多野精一、安部磯雄等新時代文壇和論壇的旗手。也傳聞山頭火曾與早稻田創立者大隈重信合照過。

然而，山頭火某日在學校宿舍接到父親寄來的信，說出嫁的姐姐竟猝死了！為了排遣哀傷，他借助酒精的力量，然而，借酒澆愁愁更愁，最後養成一個人整晚喝酒的習慣。

一九〇四年（明治三十七年）二月，山頭火向早稻田提出退學申請，理由是生病。他整個人似乎陷入了高度的神經衰弱。七月，他回到防府老家。等待山頭火的是陌生村民冷冷的眼光，因為山頭火在東京神經衰弱、酒精中毒的傳言早已傳遍全村。

父親竹次郎依然沉迷於政治和女色，賣掉田產，已接近無業遊民狀態。或許是因為長男回來了，企圖重振家業吧！一九〇六年（明治三十九年）十二月，竹次郎買下吉敷郡大道村（今防府市台道）的造酒場，翌年以「種田酒造場」之名開業。一九〇八年（明治四十一年），又賣掉住宅，舉家遷到了大道村。因這些行動，種田家入不敷出，只能向親戚舉債過日。

3—山頭火的婚姻與新婚生活

竹次郎賣掉房產與地產，買下造酒場，企圖東山再起；然而，經濟破口太大，只能挖東牆補西牆，四處舉債，種田酒造場仍瀕臨破產邊緣。竹次郎眼看山頭火怠惰、不思進取，心想如果娶妻，或許會有所改變。

一九〇九年（明治四十二年）八月二十日，山頭火和佐藤咲野結婚。時山頭火二十七歲，咲野二十歲。

父親雖說要把酒場交給他經營，然山頭火終究是外行人，其辛苦可想而知。再則，每天不得不與不願相見的父親碰面，其憂鬱自不待言。因此，他每每在夜深人靜後獨自到廚房飲酒，以求精神的舒緩。不久，妻子咲野也察覺到山頭火的這項習慣，但亦無能為力，有時還得為他清理酒醉吐出的穢物。

4—唯一熱中的文藝

一九一〇年（明治四十三年）八月三日，山頭火結婚一年後，長男健出生，山頭火成了名符其實的一家之主。或許因此形成重大壓力，感覺受到束縛，一九一一年（明治四十四年）十二月，山頭火於輪流閱覽的雜誌《炉開》中的隨筆寫道：「我有不治的宿疴，煙霞癖也。如人常感冒，我常想到處跑，我有一個大野心，我想在世界——至少在日本到處跑，如風吹，如水流，如雲飛逝到處跑。而且，觀賞各種情境，見各色各樣的人，喝各種酒，不幸的是我的境遇，不允許我到處跑。」

若將這則隨筆跟山頭火後來的流浪做聯想，則頗有意思。身為酒場的負責人，當然不能隨意趴趴走、養成酗酒習慣。他在後來的隨筆又寫道：「我不認為家是監獄，然而，無法不覺得家是沙漠。」

在這種情況下，山頭火唯一熱心的是文藝。

在一九一一年（明治四十四）年於防府創刊的月刊雜誌《青年》中，山頭火發表了莫泊桑、屠格涅夫等人作品的翻譯。此外，他還在每個月於同好之間傳閱的雜誌中，發表詩、和歌、隨筆，並以「田螺公」作為筆名寫俳句。

5—與《層雲》荻原井泉水的邂逅、

俳句雜誌《層雲》一九一一年（明治四十四年）四月於東京創刊，一九一四年（大正二年）三月，山頭火以田螺公的筆名發表了一首俳句。

一九一六年（大正五年）三月，《層雲》的負責人荻原井泉水囑咐山頭火為選者之一，這意味著山頭火的自由律俳句受到肯定，已經在日本嶄露頭角。

6 破產、連夜逃到熊本、弟弟二郎上吊自殺

靠舉債來挖東牆補西牆的種田酒造場，於一九一七年（大正五年）宣告破產。竹次郎拋棄家人不知逃往何處，山頭火無所措，也只能仿效父親逃走，最後逃到了熊本。

熊本有他的同鄉兼崎地橙孫，是碧梧桐門下名列前茅的優秀俳人，負責文藝雜誌《白川及新市街》。山頭火曾投稿到該雜誌，發表於《層雲》的俳句也受到兼崎地的賞識。由於這份情緣，山頭火選擇投靠他，不得已將祖母鶴委託佐波郡華城村的遠親照顧。

山頭火在熊本市下通町以僅少的錢開設舊書店，取名「雅樂多」。三坪大小的舊書店，賣的是朋友贈送的雜誌、書籍，和自己收藏的自然主義相關書籍；銷售情形不如預期，妻咲野兼賣偉人肖像畫，還到各學校兜售，始能勉強餬口。

弟弟二郎自幼過繼給佐波郡華城村的有富九郎治當養子，由於生父竹次郎向養父借債過

多，遷怒於二郎，遂斷絕養父子關係。二郎無一技之長，有時到哥哥家住宿二、三晚，便轉向他處。二郎深知哥哥生活困難，不敢長期打擾。

一九一八年（大正七年）七月十五日，二郎於岩國的愛宕山中上吊死亡的屍體被發現。

7—拋妻棄子奔東京、又回熊本

一九一九年（大正八年）十月，山頭火三十七歲。著魔似地，沒告知妻子就離家出走到東京，投靠熊本時代的二位俳友：從第五高中職員轉到文部省的茂森唯士，與念早稻田大學的工藤好美。工藤幫他找到水泥試驗場的日薪工作。

一九二〇年（大正九年）十一月十一日，山頭火和妻子咲野離婚。

由於工作勤奮，山頭火升為東京市公所臨時職員，後來轉為東京市一橋圖書館事務員，免除肉體的重勞動。然而，一九二二年（大正十一年），他因神經衰弱，只能辭職。辭職後，便在東京當賣肖像畫的小販。

一九二三年（大正十二年）九月一日發生關東大地震，避難中，山頭火被誤以為是社會主義者，被關進鴨巢監獄。山頭火事後回想，深感諸行無常，精神上無法恢復，不得已回到已離婚的前妻咲野身邊。

8—酒醉攬電車、剃度出家當和尚

山頭火酒醉攬電車一事，撰寫山頭火生平者，幾乎都不會漏掉。是否因此導致山頭火出家，不得而知。一九二四年（大正十三年）十二月，木庭德治（《層雲》選者之一）帶著如同行屍走肉的山頭火到坪井町屬曹洞宗的報恩寺，託住持望月義庵代為照顧。

一九二五年（大正十四年）二月，山頭火於報恩寺出家，由望月義德剃度，法名耕畝。三月五日，望月派他到熊本縣鹿本郡植木町瑞泉寺（報恩寺的分寺院、小寺，通稱味取的觀音堂）當堂守，於附近托缽維生。

山頭火在觀音堂每天的日課只有晨夕的撞鐘，此外別無他事。雖然也有身穿法衣、頭戴網代笠，於植木町托缽的時候，不過，村人送的日常用品大致上已夠用。最大的問題是沒有聊天的對象，被黑暗的森林包圍的山頭火是孤獨的。

9 — 捨棄觀音堂，開啟雲遊行乞之旅

山頭火被井泉水的自由律俳句深深吸引，於是在一九一三年（大正二年）加入了《層雲》。一九一六年（大正五年）他三十四歲時，獲提拔為《層雲》選者之一。山頭火這個俳號即是這時開始使用的。

山頭火自選俳句集《草木塔》的〈前言〉中寫道：「大正十四年二月，終於出家得度，擔任肥後鄉下味取觀音堂住持；的確是山林獨住，說安靜也安靜，覺得寂寞，真是過著寂寞的生活。」

山頭火在觀音堂住了約一年半，於一九二六年（大正十五年）四月十日捨棄觀音堂，開啟行乞之旅。主要原因是什麼？村上護說是因為女性問題；而渡邊利夫說是受到同為《層雲》俳友尾崎放哉之死的刺激。哪種說法較接近事實？或者二者皆是，不得而知。

山頭火往九州、山陰、山陽、四國展開了行乞之旅。這之間，他完成了四國八十八處所的札所參拜，然後到小豆島祭掃尾崎放哉的墳墓。

一九二九年（昭和四年），他回到熊本離婚妻的「雅樂多」，待到九月，才又一缽一笠，出發行乞。

一九二八年（昭和三年）十月，山頭火在給老師井泉水的信中寫：「即使被說是邪道，或是孤獨寂寞之人，無論被怎麼說也是沒辦法的。我只有一個人繼續蹣跚走我一個人的道路。」歸來後的一九三一年（昭和六年）三月，他給俳友河本緣石的信則寫道：「我前幾年到您的地方行乞。那時候的心情是想離開一切有緣、無緣，所以誰也沒見。」可見這次行乞，他是一心一意想求道的。

10—焚毀《行乞記》

山頭火回到「雅樂多」後，與住在市內的俳人多有往來。一九二九年（昭和四年）十一月，迎井泉水於阿蘇內牧聚集住在九州的門下俳人，山頭火出席該聚會，認識了很多俳人。

山頭火現存的《行乞記》是從一九三〇年（昭和五年）九月開始的。之前的日記燒掉了，有重新再出發的意味。《行乞記》中特別值得注意的，包含一九三〇年（昭和五年）十月二十日載道：「沒走路的日子是寂寞的，沒喝酒的日子是寂寞的，沒作俳句的日子是寂寞的。一個人獨處，雖然寂寞，一個人走路，一個人喝酒，一個人作俳句是不寂寞的。」

行乞、喝酒、作俳句，三者似乎成為了他往後人生的象徵，缺一不可。

雖然如此，一旦穿上袈裟，一笠一缽一杖的行腳僧依然不會忘記求道。如一九三〇年（昭和五年）十一月九日，《行乞記》寫道：「法眼所謂『步步到著』，前步忘了，後步不想的一步一步，一步一步無古今無東西，一步即一切，來到這裡了解徒步禪的意義。」

11 發行《三八九》個人雜誌、出發行乞

一九三〇年（昭和五年）底開始的約半年間，山頭火在熊本市內租了一個房間，命名為「三八九居」。他當初的計畫是在這裡編輯、發行個人雜誌《三八九》，招募俳友。第一集蠟版油印於一九三一年（昭和六年）二月一日發行，三月五日發行第二集，三月三十日發行第三集後，便終止發行。

山頭火自覺停留在一個地方，精神會停滯。另一方面，或許是他從前自稱的煙霞癖作祟，這一年的十二月，山頭火又穿上墨染衣、披上袈裟，開始了行乞之旅。《行乞記》中說：「行乞非如雲逝，像水流不可。稍一停滯即紊亂。靠著別人給的生活，如樹葉散落，如風吹，有緣則停下，無緣則去，如果不能做到，為何行乞？還是步步到著。」

除了鹿兒島縣，他還踏遍九州各縣市，最後越過關門海峽，回到故鄉山口縣。

這一時期，華爾街股票大跌，引起世界經濟恐慌，影響所及日本經濟大衰落。在這種情況下，山頭火僅是照常進行行乞、飲酒、作俳句的日常三事。

12—結廬「其中庵」

行乞一段時日後，山頭火想在一處定居；定居一段時日後，不知是靜極思動？或感到日常千篇一律無刺激，煙霞之癖又發作？他於一九三二年（昭和七年）九月九日的日記寫道：「出家——漂泊——庵居——自持孤高、寂然孤獨死——這也是東洋式，而且是日本人的生活樣式之一。」

其實同年五月，山頭火在山口縣豐浦郡川棚村（今豐浦町）生病，三天動彈不得，當時就有結廬定居在溫泉地的念頭。第一候選地是佐賀縣的嬉野溫泉，由於經費不足而作罷。後來發現川棚溫泉與嬉野相似，想在這裡結廬，然而，當地人不同意流浪漢在此定居，不得不打消這一念頭。有俳友建議他，川棚不行，小郡說不定有適合的房子。山頭火於是委託在山口縣吉敷郡町任職山口縣立農學校書記的俳友國森樹明代為尋找，最後在距離小郡車站步行約二十分鐘的寂靜山腳下，找到了一間荒屋，並加以修整。

他於一九三二年（昭和七年）九月二十日入住其中，命名為「其中庵」。這名字取自《妙法蓮華經》〈普門品第二十五〉：「其中若有乃至一人稱觀世音菩薩者。」當天的日記中，山頭火寫道：「對我來說這件事的重要性比承認滿洲國還大。」可見山頭火對結廬的渴望之一斑。

山頭火與自然的關係從這首詩可見：

有山則看山
下雨天聽雨
春夏秋冬
早晨很好
傍晚也好

順便一提，山頭火這首短詩頗有清少納言《枕草子》的味道。

13—「其中庵」時期值得注意的二次外出行乞

「其中庵」時期是從一九三二年（昭和七年）九月至一九三八年（昭和十三年）十一月為止。其中，有二次外出行乞值得關注。

一九三四年（昭和九年）三月，山頭火外出要到信州伊那的美篶，目的是探尋、祭掃俳人井上井月。井上是活躍於德川幕府末期至明治初期，於一八八七年（明治二十年）辭世的俳諧師，三十年間都在信州的伊那谷乞食度過，生涯如謎。途中，山頭火從木曾越過山頂到飯田，遇殘雪受阻，感冒併發肺炎，因而住院，最後好不容易才回到「其中庵」。

第二次外出，則是從一九三五年（昭和十年）十二月六日至一九三六年（昭和十一年）七月二十二日為止，這是山頭火晚年拚命的大旅行。他的路線如下：

一月，首先到跟良寬關係很深的倉敷的圓通寺；三月，於大阪參拜西行法師臨終的弘川寺；五月，從東京走甲州路、信濃路，在柏原訪小林一茶遺跡。

六月，探訪新潟的良寬遺跡，臨日本海北上到山形。從那裡又到太平洋側的仙台，沿著芭蕉走過的「奧之細道」的相反方向，來到平泉。

回程，並參拜了位於福井的永平寺，寫下「孤蝶翩翩　飛過朱甍往哪邊」等的名句。

14 中國抗日戰爭爆發，生活受阻

一九三七年（昭和十二年）八月，因盧溝橋事件引發中國抗日八年戰爭，對山頭火也產生不小的影響。可能是托缽日子難行，山頭火曾經到下關的木材店工作，然而，在第五天就落跑了！有一天，他在下湯田街上的小店喝酒，以懷中現金叫了三壺酒，哪知酒一下肚，就控制不了，結果為四十五錢拘留四夜後，被告知期限內未還將入獄。山頭火寫信給二個朋友借貸，最後是他兒子健電匯款項為他解圍。山頭火打算離開「其中庵」。

15 遷居「風來居」、再訪井上井月墓

一九三八年（昭和十三年）十一月下旬，山頭火遷居湯田溫泉一隅，距離小郡的「其中庵」約十公里。那是四疊半的獨立房子，名曰「風來居」。

「風來居」附近愛好文藝或有志於當詩人的年輕人不少，山頭火常和他們混在一起，暴飲暴食事時有所聞，也因此常自我反省，如一九三九年（昭和十四年）九月二日的日記寫道：

「——我對每一天、每一天的生活感到困頓。在吃呢還是不吃的情況下，送迎昨日與明

日。即使不吃不飲，對作俳句也不懈怠。換句話說，餓著肚子也可以寫俳句。俳句心像水流般湧現。對我來說，活著就是作俳句，俳句即生活。

——我的願望二個，只有二個。真正寫出自己的俳句，是其一。還有另一是驟然往生。即使生病也不痛苦很久，不事事麻煩別人，得到快速、可慶賀的。」

對山頭火來說，怎麼死是一件重大的事。「風來居」時期的日記寫著：「能得到死亡的場所是困難的呀！我希望、像野獸、像鳥、至少像蟲一樣的死，我的旅行是尋找死亡的場所！」可見「風來居」不是山頭火安住的處所，更談不上是適合的死亡場所。

16—第二次四國遍路之旅，認真思考死亡問題

山頭火認為四國遍路是思考死亡問題的最佳旅行路線。他從前走過一遍，於是這次採取較自由的行程。離開「風來居」出發時，作「柳葉飄落　急急踏上無目標之旅」一首。

山頭火從廣島的宇品港搭船到松山，前往四國。松山是日本近代俳句提倡者正岡子規的出身地，也是已逝自由律俳人野村朱鱗洞生前活躍的地方。山頭火與朱鱗洞生前有過交流，得當地人的協助而找到朱麟洞的墳墓，完成祭拜的願望。

四國遍路之旅的日記是從一九三九年（昭和十四年）十一月一日，由德島開始寫起。在這之前，山頭火經過已去過的小豆島，祭掃尾崎放哉的墳墓。八十八處的靈場札所參拜極為隨興，中途放棄，經由高知、落出、久万，十一月二十一日回到松山。同一年底，他入住人生終點站「一草庵」。

17—遽然往生，了卻宿願

山頭火住過的「一草庵」位在松山市北邊，距離道後溫泉步行約二十分鐘的寂靜地方，現在由松山市負責維護管理。他在這裡將過往出版的七本經摺本的小俳句書籍集合成一本，命名為《草木塔》，由東京的八雲書局出版。

他於《草木塔》的扉頁上寫：「謹以此書供奉年輕早逝的母親靈前」。母親第四十九年忌時，山頭火寫下「蒲公英飛逝／頻頻想我母親之死」一句，他一輩子思慕母親，至死不渝。

同樣至死不渝的，還有他對俳句的熱情。一九四〇年（昭和十五年）八月八日，他寫道：「由於無才無能，我才能在一條道路——作俳句——一心一意鑽研，作俳句之外，我沒有做得了的事。問題是能不能完成，我應該完成，盡全心全力完成，昨天今天如是、明天亦如是。」

山頭火臨死前的一九四〇年（昭和十五年）十月，有幾件事值得一談。

十月二日，他從松山搭約二小時的火車到今治，接受好朋友的招待。歸程搭午後十時的火車，回到「一草庵」已經是深夜二時。他寫道：

「狗狗——今夜不知從哪裡跟來的狗，那隻狗啣著大餅，我吃了那隻狗的大餅。狗狗呀！謝謝你，白色的狗呀！剩下的我供養了這隻也不知從哪裡來的白色貓。」

山頭火大概只顧著喝酒，沒吃什麼東西吧？不然為何跟狗狗搶東西吃，還把吃剩下的給了貓！他把自己的行為降到動物層次，是反璞歸真？還是臨死前的徵兆？

十月八日，往生的三天前，他在日記末尾寫：「有感謝心，心情都很好，心情好對我而言是拜拜。以祭拜心，活著的祭拜心往生吧！那裡應該有無量光明的生命世界等著我，因為在我的故鄉應該有巡禮之心——

夜晚，到一洵住處，懇切交談回來後想寫字，今天手特別抖。」

十月九日，拜訪松山高商教授、也是生活支援者的高橋一洵，晚上七時左右一起在護國寺喝了二合（注：約0.36升）。

十月十日，「一草庵」有俳句的聚會，庵主山頭火酒醉呼呼大睡，聚會結束後大家各自歸去，沒叫醒山頭火。一洵放心不下，深夜到「一草庵」探望，發現山頭火身體已僵硬，叫來醫生為時亦晚。

據推測，死亡時刻應是一九四〇年（昭和十五年）十月十一日午前四時，如他所望遽然往生，享年五十七歲。

俳句大觀園

山頭火俳句百首精選

1

松はみな枝垂れて南無観世音

松樹盡垂枝合掌　南無觀世音

說明

這首俳句的前言寫道：「大正十四年二月，終於出家得度，擔任肥後鄉下味取觀音堂住持；的確是山林獨住，說安靜也安靜，覺得寂寞，真是過著寂寞的生活。」從味取車站旁邊的石階登上山，即是觀音堂。參道兩側幾經風霜的松樹垂枝，狀如伸手。聽說如今僅遺些許殘株。

山頭火是在熊本報恩寺（曹洞宗）的末寺瑞泉寺出家得度，通稱味取觀音。

當時山頭火給老師荻原井泉水的信中說：「在偏僻的山村一人獨居，說寂寞也真是寂寞，說清淨也真清淨。日日的食糧只有出去托缽要飯。村民對我都很親切，因此思考著種種回饋事。」

2

分け入っても分け入っても青い山

撥草前行行復行　依舊青山入眼來

說明

這首俳句的前言寫道：「大正十五年四月，背負著無解的困惑，開始行乞流轉之旅。」這之前，山頭火為了斬斷世俗的煩惱而出家。在觀音堂住了大約一年，非但斬不斷俗世的煩惱，反而背負無解的困惑，於是離開觀音堂，開始無特定目的行乞之旅。這首俳句歌詠的是踏入九州山地的實景描述，依村山護的看法，那時山頭火心中或有「遠山無限碧層層」禪語的念頭。青山無盡頭，心中的迷惑也無解。這是心象風景與旅途實景重疊的一句。

3

炎天をいただいて乞ひ歩く

頭頂炎天　托鉢向前

說明

山頭火給老師荻原井泉水的信中說：「我只是走路、走路、只是走路、感覺走路可以解決一切。」作為一個行乞僧，唯有走路，停止走路意味著曝屍荒野。

行乞有幸與不幸，對此山頭火說：「行乞非如行雲流水不可，稍一停滯，馬上亂了。以施捨的食物活下去，像樹葉飄落，像風吹，有緣就停步，無緣則離去，不達到這境地為何而行乞？還是要一步一步到達。」可見對山頭火而言，行乞本身就是一種修行。

原文炎天用「いただいて」顯見虔敬與謙虛之心。

4

鴉啼いてわたしも一人
孤鴉啼鳴，我亦一人行

說明

這首俳句的前言寫道：「和放哉居士之作。」「放哉居士」指的是尾崎放哉。同是自由律俳句詩友，自絕於社會，身無一物，大正十五年（一九二六年）四月七日，在小豆島的南鄉庵病死。有趣的是十天後，山頭火耐不住味取觀音堂獨居的寂寞，開始行乞之旅。

前言裡說「和放哉居士之作」，所和的是放哉此句：「鳥がだまつてとんで行った」（鳥鴉默默飛走了）。日文「烏」「鴉」同意，念法亦同。放哉默默捨世而去，因此，這裡的烏鴉視為象徵手法的運用，或許更有意思。

二人生前未曾會面，然彼此心儀。山頭火日記中如此記述：「讀放哉書簡集。羨慕放哉無視（不能說超越，他其實是過於急著去死）生死，我之前也有過二三次嘗試自殺，即使那樣的場合也不敢斷言無生之執著（以自殺未遂結束，即為證據之一）。」放哉死後，山頭火亦常想起，這首即為例證之一。

5 生死の中のゆきふりしきる

生死悟道行，大雪紛飛落不停

說明

這首俳句的前言引用《修證義》第一章總序的冒頭：「明白生死是佛家一大事之因緣。」

《修證義》是從道元《正法眼藏》九十五卷中拔萃集結而成的摘要版，較易懂。

這首俳句最初二字「生死」，禪語讀「しょうじ」。

山頭火，無家，大雪下不停的山野也是他的生活空間。他早就有哪一天會曝屍荒野的心理準備，因此，也可說是生死覺悟之旅吧！

又這句的「ゆき」，個人認為可做雙關語解釋：「行」（ゆき）與「雪」（ゆき）。

6 この旅、果てもない旅のつくつく法師

此次雲遊，如寒蟬淒淒無盡頭

說明

一九二八年（昭和三年）之作。

山頭火俳句集裡出現過許多蟬。例如：「ひぐらし」（蜩）、「かなかな」（油蟬、布朗蟬）、「みんみん」（蟬、熊蟬、松蟬等），最多的則是「つくつく法師」（寒蟬），既能代表法師（山頭火是禪僧，即法師），又有「尽く」（つく）盡頭之意，充分表現文字遊戲之趣。

再者，「果てもない旅」（無盡之旅），可作人生之旅不知何處是盡頭之喻。

7

へうへうとして水を味わふ

酒醉飄飄然，飲水味甘心甜

說明

這句有一九二七年（昭和二年）與一九二八年（昭和三年）作成兩說。山頭火好飲酒，水與酒互為表裏，宿醉之後的飲水，無比甘美。他說水好喝時，大致上都是在喝酒翌日。

「へうへう」的漢字是「飄飄」，因此，這裡作酒後飲水解讀，應無過分詮釋之虞。山頭火俳句裡，出現頻率高的詞，有水、山、旅、道、草、朝、一人等，如將酒與水聲加在一起，應該是最多的。

8

濁れる水の流れつつ澄む

濁水之流兮，自清澄

說明

山頭火一生苦惱。幼時母自殺，不久弟亦自殺。出家前陷入週期性的神經衰弱，這或許是他所說的濁的部分。如何將濁轉化為清呢？出家修行。

然而，修行期間亦曾犯下戒律，於是朗誦般若心經，偶有達到清澄境界。而山頭火認為最理想的生活方式是如行雲、流水。

9

落ちかかる月を観ているに一人

月正西沉，遙觀唯一人

說明

這或許是山頭火私慕尾崎放哉之句。

放哉有「こんなよい月を一人で見て寝る」（這麼美的月亮一人獨欣賞）之句。放哉於一九二六年（大正十五年）四月七日，在小豆島孤獨死，得年四十一歲。

放哉與山頭火皆為荻原井泉水之弟子，為俳句雜誌《層雲》的作者。二人生前未曾相見，但知道對方的存在，對放哉上述膾炙人口的「這麼美的月亮」當然知之甚詳。二人如見面，應是「臭味相投」……不！要說「肝膽相照」。

10

わかれきてつくつくぼうし
與子分別，寒蟬聲不絕

說明

這句的前言寫道：「昭和四年和五年除了繼續行乞無他。在這裡、那裡與九州地方流浪。」

「つくつくぼうし」，中文「寒蟬」。蔡邕《月令章句》曰：「寒蟬應陰而鳴，鳴則天涼，故謂之寒蟬也。」

喜好詞者，不免想起柳永的〈雨霖鈴〉：

寒蟬淒切，對長亭晚，驟雨初歇。都門帳飲無緒，留戀處，蘭舟催發。執手相看淚眼，竟無語凝噎。念去去，千里煙波，暮靄沉沉楚天闊。

多情自古傷離別，更那堪，冷落清秋節！今宵酒醒何處？楊柳岸，曉風殘月。此去經年，應是良辰美景虛設。便縱有千種風情，更與何人說？

寒蟬淒切，傷別離；日文的「つくつくぼうし」讀音本身即生悲傷情懷。正岡子規有俳句：「つくつくぼうしつくつくぼうしばかりなり」（盡是寒蟬聲不絕）；而江戶中期的俳人橫井也有的俳文集《鶉衣》中則說：「世之諺語，筑紫（つくし）之人，死於旅途，故有此說。」寒蟬聲，聽者生無常之感。

山頭火這首俳句前言雖寫著昭和四、五年，然一九二九年（昭和四年）九月十七日，從熊本縣隗府町寄給俳友三宅酒壺洞的明信片裡即可見到這首俳句。

11

笠にとんぼをとまらせてあるく

且讓蜻蜓我笠停，伴我一路行

說明

山頭火的造型，身穿墨染衣，肩披袈裟，一笠一缽一杖是他的特色。寂寞旅途中，不意間，一隻蜻蜓停在斗笠來作伴，增添一絲暖意與樂趣。山頭火在隨筆裡寫道：「對於季節的遞嬗敏感的，於植物是草，於動物是蟲，於人是一個人、旅人、貧窮人。（這一點我像草或蟲的存在）」可見他將蜻蜓當作同類！

12

まっすぐな道でさみしい

筆直道路只一條，無限寂寥

說明

一九二九年（昭和四年）發表於《層雲》。

山頭火在短隨筆〈道〉寫道：「我行走，繼續行走，因為想走，不！因為非走不可，不！不！因為不得不走而走，繼續走。」

又，出家之前，曾針對「道」曾這麼寫：「走自己道路的人，不會墮落。對他而言，上天國下地獄都不是一回事。」

「在人前挖掘自己的只有一條道路。只有既狹窄又險峻、常是寂寞得讓人哭泣的道路。」

山頭火後來在日記裡寫道：「走這條道路——我除了走這條道路無他。那是痛苦而又快樂的道路、遙遠而又細窄、險峻的道路。」

他所行所為就世俗眼光觀之，混蛋到極點，因此而憤怒的大有人在，然而，就他的角度來看，社會的常識只是欺騙人的東西。因此，他自行脫離俗世的社會，開始走不一樣的道路。這就是他捨身拚命毫不妥協的人生道路，它的象徵就是「筆直的道路」！

13

だまって今日の草鞋穿く

默默無言，今日且將草鞋穿

說明

一九二九年（昭和四年）發表於《層雲》之作。

行乞之旅，無論晴雨，不管酷暑或惡寒，每天非外出行乞不可。否則，只有餓肚子一途。山頭火曾在寄出的明信片上寫道：「我只是走路。感覺走路、只是走路，可以解決一切。……總之，我走路。只要能走就走。走路之間，心情沉靜下來，就讓我在有緣處休息吧！在那之前縱使曝屍荒野，我也不住任何一處，繼續漂泊！」

抱著這樣的覺悟，即使咬緊牙關也要繫好草鞋的繩子，出發，化緣去！

這首俳句，無奈之中，又透露出一股堅定不移的強烈意志。

14 ほろほろ酔うて木の葉ふる

葉落飄飄，樹亦醉了

說明

這句也是一九二九年（昭和四年）投稿《層雲》的八句之一。

山頭火曾如此敘述這首俳句的創作背景：「從廣島縣的三次到叫庄原的安靜山城行乞，從那裏往東城方向而去途中，我一個人走著，在造酒店的店頭喝了二杯，心情極佳，邊走邊作的句子。」

山頭火在日記裡記載：「醉言醉語——一杯無東西、二杯無古今、三杯無你我。有酒，找樹明君來，然後『ほろほろとろとろどろどろぼろぼろごろごろ』（陳孟姝譯：迷迷茫茫恍恍惚惚顛顛倒倒搖搖擺擺左左右右）。」樹明君是山頭火「其中庵」時代的酒友。由此可見，「ほろほろ」應是第一階段的微醺吧！

又山頭火於「酒之備忘錄」斷章中說：「喝酒是酒醉的原因，酒醉必須是喝酒的目的。任何東西都可以拿來換酒而無悔者，是酒徒，無所求悠游於酒者，是酒仙。」

朋友，您是酒仙，還是酒徒？請自行對號入座！

這首俳句的「ほろほろ」，我認為應該是指作者酒醉的樣子，以及落葉紛紛的情狀，屬雙關語用法。

15

生き残つたからだ掻いている

苟活身軀，搔癢自怡

說明

這首俳句刊於一九三〇年（昭和五年）一月號《層雲》雜誌。

如何確認自己還活著？方法各有不同。山頭火是藉著搔癢確認的。踏上行乞之旅後，日日食糧靠托缽化緣得來，有順與不順之時。後來回想的隨筆裡寫道：「去年在筑前的某炭坑町迎新年。前年在熊本，五年在久留米，四年在廣島，三年在德島，二年在內海，元年在味取。

一切在流轉，也可以說流轉所以永遠。流動的東西，因為流動所以常新。生生死死，去去來來，佛往其中示現。

我以還無法完全委之於祢感到可恥；但是，對於給予的東西，例如那是麵包、石頭、不管是什麼，以感恩的心接受。」

可見山頭火修行的目的是「委之於祢」，藉著搔癢的動作，確認「委之於祢」的我的身體的存在。

16

水に影ある旅人である

水中投影一旅人

說明

發表於一九二九年（昭和四年）五月的《層雲》。

那時山頭火給老師荻原井泉水的明信片，似乎在說明這首俳句的心境：「少有的暖和。我搖搖晃晃走到這裡來了，只有憂鬱。總之，再一次協商，希望踏入今生最後的道路。甚至只要走入山中，然後品嘗水的味道，我是幸福的。（同時希望我周圍的人也幸福，如果不這麼想，無法過這麼任性的生活。）」

「再一次協商」指的應該是與離婚的妻子再次詳談吧！

如果從山頭火給老師的明信片解讀這首俳句，「水中投影」不是無意間的動作，而是一種象徵意義，或者說憧憬！

17

波の音たえずしてふる郷遠し

波浪聲不停，遊子懷鄉情

說明

一九三〇年（昭和五年）九月三十日參觀宮崎縣青島日之作。當天日記裡記載：「久違的大海，眺望從無際的大海彼方湧過來、破碎的白色波浪，也不錯（宮崎的住宿處，每晚波浪聲響至枕邊。比起海的動搖，我更喜愛山的閒寂。）」由遠而近的波浪聲，不絕於耳，勾起旅人無限情思，遂寫下這首充滿鄉愁的俳句。

18

波音遠くなり近くなり余命いくばくぞ

浪聲近又遠，餘命剩幾年

說明

一九三〇年（昭和五年）九月三十日參觀宮崎縣青島日之作。跟上一首係同日之作，然旨趣全然不同。

這天實施全國人口普查。山頭火寫道：「下次人口普查，我不知在哪裡？或者在墓下？不！沒有人會為我造墓，我也不希望有人幫我造墓，所以，我可能是荒郊野外的一抔土吧？」

接著又寫：「不！我的業似乎未盡，因此可能在哪裡繼續苦惱吧！」

同樣聽著波浪聲，心裡卻想著今日的人口普查，自問下次普查時，身在何處？因而有餘命剩幾年之嘆！

19

年とれば故郷こひしいつくつくぼうし

年華老去，寒蟬思鄉聲淒淒

說明

山頭火是被故鄉驅逐出境的人，由於種田家破產造成許多鄉民困擾。對於故鄉，山頭火的情感是複雜的。然而，在時間的沖洗下，悲傷往事也化為美麗的回憶。後來，山頭火在日記裡寫道：「故鄉難忘，亦難留。骨肉分離令人懷念。」

20

焼き捨てて日記の灰のこれだけか

日記燒毀，只剩這些灰？

說明

山頭火在一九三〇年（昭和五年）九月十四日的日記裡說：「從熊本出發時，把以往的日記、手記本全部燒毀。」

又說：「我現在不能不清算過去的一切，只是無法完全割捨、捨棄的東西而流淚。」

同年十二月二十九日的日記則寫道：「要寫三八九的稿子，然而已燒毀了日記八冊，傷腦筋。不過，即使傷腦筋，還是燒毀的好！——因為所有的過去不燒毀是不行的——放下了也。」

雖然理智上說燒毀的好，其實內心深處依然隱隱作痛，忘不了！否則，何來俳句遣懷？禪門「一切放下著」（著字，虛詞，無義），談何容易？

21

また見ることもない山が遠ざかる

無緣再見又一山，離我漸漸遠

説明

一九三〇年（昭和五年）之作。

行乞之旅，旅途中所見之人，絕大部分無緣再見，再見與離別幾乎是同時進行式；而所見之物，大致亦相同。這首俳句意含禪宗「一期一會」精神。

22

どうしようもないわたしが歩いている
無可奈何情，依然向前行

說明

一九三〇年（昭和五年）二月的自嘲之作。

山頭火身為武士後裔，有著武士的高度自尊，與纖細容易受傷的詩人靈魂。

一九三七年（昭和十二年）六月七日，他針對俳句觀寫道：「沒有像俳句般離不開作者的文藝。（短歌也一樣）一句一句刻畫著作者的臉。如果不了解他的臉，就不能真正了解那一句（俳句）！」

這就是不能不介紹山頭火私生活的原因所在。

23

涸れきつた川を渡る
渡過乾涸已極河川

說明

這首俳句跟上一首俳句同發表於一九三〇年（昭和五年）二月號的《層雲》雜誌。

就形式來看，山頭火的俳句，許多人認為不是俳句，尤其是這一首！

京都龍安寺枯山水的石庭院，受禪的影響，簡單的些許石頭排列在細沙上，究竟何義？引人沉思與猜想。

山頭火出家為禪宗和尚，行乞途中積極悟道，他的道就是俳句之道。

他在意的不是形式問題，而是精神；或許他認為度過乾涸已極的河川，就是「俳句的世界」，而河的前方存在著俳句新精神。

24

捨て切れない荷物のおもさまへうしろ

家當不捨丟，沉重背前後

說明

曹洞宗的修行者山頭火，禪修的根本是去除執著心，因此，日記裡也寫著：「放下煩惱執著是修行的目的」、「丟棄，丟棄，除了丟掉沒有對我有益的方法」。

綜觀山頭火的一生，最要留意的是，他費心於什麼都捨棄的生活方式；然而，卻有著無法捨棄的執著，因此行李總是無法減輕。

日記裡也寫著：「行李的重量，換句話說是執著的重量感。行李非逐漸減少不可，卻反而增加。因為撿拾的比捨棄的多。」

25

あの雲がおとした雨にぬれている

那片雲被落下的雨打濕了

說明

一九三〇年（昭和五年）之作，當時形況不明，因為這段期間的《行乞記》燒毀了。現存的《行乞記》從一九三〇年（昭和五年）九月九日開始，其中記載：「從熊本出發時，將之前的日記、手記全部燒毀；整理留在記憶裡的俳句。」寫著：「あの雲が落とした雨かぬれている」（那片雲被落下的雨打濕了）。後來投稿到《層雲》時，改為：「あの雲がおとしていつた雨にぬれている」（那片雲被落下去的雨打濕了），等到自選句集時又改成現在這樣子。山頭火稱這情形為「改作」。山頭火作多少首俳句？應有數萬首之多；而其自選俳句集僅七百餘首。由此可見，這首俳句雖經二次改作，依然有著難於割捨之情。

26

酔うてこほろぎと寝ていたよ

酩酊大醉，與蟋蟀同睡

說明

一九三〇年（昭和五年）十月七日之作。

山頭火於《行乞記》中寫道：「行乞往目井津，途中於燒酒屋一瓶白薯燒酒下肚，醺醺然。於宿處與前日來的巡禮者一起喝，今晚喝太多了，終於露宿野外！」可見應是於宿處喝了之後，又外出再喝，一攤接一攤的梯子酒。最後醉倒，睡著了。

27

秋風の石を拾ふ
蕭瑟秋風吹，撿拾小石頭

說明

一九三〇年（昭和五年）十月十日於鹿兒島縣志布志之作。

山頭火俳句中屢見「石佛」、「石塔」、「石階」、「石垣」等與石相關的詞，皈依曹洞宗的山頭火似乎對石頭相關東西，有著特殊情懷。

在後來的《行乞記》中，山頭火寫道：「不自覺地我開始『撿拾』。接著，不知何時我喜歡上石頭了。今天也來撿石頭，一天如果撿一塊也很有趣呀！」

山頭火是行乞的禪僧，石頭在禪的意義上，常用來表示脫離認識的心境，亦即，象徵抖落所有念頭的純粹人性、清澄的心。

28

まったく雲がない笠をぬぎ
天上無片雲，摘下斗笠行

說明

這句收錄於一九三〇年（昭和五年）十月二十六日的《行乞記》裡；但有一說是前一年十一月於阿蘇內牧溫泉遇老師荻原井泉水時所作。

對於那次的相遇，井泉水寫道：「我幾年前旅途中在阿蘇山路遇見睽違已久的他。他比想像的老許多。」文中的他，指的是山頭火。

一九三〇年（昭和五年）十月二十六日的《行乞記》中，山頭火寫道：「行乞相好看或不好看，雖然感到難為情，但那是現實的相貌，也無可奈何。如果能寂定，就是聖域。我或右或左，或上或下，或倒或起，常是流轉顛動。

偶爾照鏡子，——啊，多麼醜陋又黑的臉呀！我的心還沒有那麼開朗承認這張臉，可憐可憐。」

二十六日日記裡，山頭火說：「真的是秋空一碧，萬物之美何如，秋、秋、秋的美通徹身心。」

29

雨だれの音も年をとつた

房檐雨滴聲亦老

說明

一九三〇年（昭和五年）十一月八日於大分縣竹田之作。行乞途中連下三天雨，造成經濟上巨大打擊，不得不認真思考人生。說雨聲老，其實是感覺自己老。

「睡著了，醒過來。醒過來，又睡著了。做夢醒來，醒來又做夢——做各色各樣的夢，話說聖人無夢，夢是凡夫俗子的一杯酒，只是那不是乙基，而是甲基。」

山頭火時年四十八，體態樣貌較實際年齡蒼老甚多，因此俳友稱他為「山翁」。

30

笠も漏りだしたか

竹笠，亦漏瀟瀟雨

說明

一九三〇年（昭和五年）十一月三十日，於福岡縣後藤寺之作。山頭火行乞頭戴竹笠，遮風擋雨。《行乞記》前一日記述：「坐在糒川的草原，修補竹笠，縫補法衣破綻，順便捉蝨子。」

對這一句，山頭火有所注記：「冬雨下的傍晚。我被淋成落湯雞，河川跟我一起流走。啪答，又啪答，我摸摸冰冷的臉頰。竹笠漏了！這頂竹笠漏雨，這是第三次了。它為擋風遮雨避雪，有時夜晚也為我防霜。也為我遮掩世人的嘲笑，保護我免於自棄的危險。」

作這句二天後，給友人的信裡寫：「我準備一直，無論到哪裡都一直走下去而開始行乞之旅；然而，我改變主意，決定在熊本附近結草庵。我現在深切感到生存的矛盾，行乞的矛盾，句作的矛盾。……如果自己結草庵，不用被世俗的交往所煩，可以守住本來之愚。」

31

歩きつづける彼岸花さきつづける

行乞一路走不停，曼珠沙華開熒熒

說明

山頭火句集裡最常見的花，是櫻花、萩、蒲公英，其次應該就是彼岸花或者曼珠沙華了。彼岸花就是曼珠沙華，印象最鮮明。

這首俳句讓我們彷彿看到頭戴斗笠、身穿法衣，一手持錫杖、另一手托缽，在道路兩旁紅色曼珠沙華綻放、一直往前綿延的道路上，彳亍獨行的影像。

彼岸花綻放的道路，最終接連通往彼岸的道路。

32

うしろすがたのしぐれてゆくか

孑然背影，初冬暮雨緩步行

說明

一九三一年（昭和六年）十二月二十五日於福岡縣福島（現八女市）之作。

這是山頭火象徵生涯的名句。題為「自嘲」。

這首俳句的前言寫道：「昭和六年，努力落腳熊本，卻無法久住。又從這一旅途到另一旅途，繼續行旅。」

那天的《行乞記》則寫：「昨夜，下雪。山上的雪皓皓光亮讓旅人感到寂寞。霙，想起似地降落。心情不舒坦，從十一時至一時為止行乞，然後，泥濘中往久留米。」

「しぐれ」日文漢字寫「時雨」，初冬季語。歌詠「時雨」有名的是《後撰集》：「神無月ふりみふらずみ定めなき時雨ぞふゆのはじめなりける」（十月，有時下有時不下的時

雨，冬天的開始）。也因為這首和歌，時雨成為俳句初冬的季語。又因為有時下、有時不下，這種不定性，轉為象徵人生的無常、短暫。山頭火這首俳句「しぐれる」，當動詞使用。

33

鉄鉢の中へも霰
鐵鉢響叮咚，冰霰落其中

說明

這句是一九三二年（昭和七年）在面向福岡響灘的松樹林時作的。山頭火過著行乞的日子，鐵鉢是接受施捨食物的容器。對山頭火而言，鐵鉢不僅是容器，也是行乞生活的象徵。

冬天的北九州，意外相當寒冷。手都快凍僵的山頭火鐵鉢，落入的不是布施的米飯，而是發出叮咚聲的霰（小冰塊）！

34 冬雨の石階をのぼるサンタマリヤ
登上冬雨的石階，聖母瑪利亞

說明

一九三二年（昭和七年）二月四日於長崎之作。前言寫：「大浦天主堂。」

大浦天主堂，位於日本長崎的天主教宗座聖殿，是日本現存的最古老的天主教建築物。一九五三年正式定為日本國寶。二〇〇七年作為「長崎的教堂群與基督教相關遺產」中的一部分，列入聯合國教科文組織的世界遺產。二〇一六年（平成二十八年）成為日本第一座宗座聖殿。

二月四日的日記裡記載：「長崎很好！有沉著的色彩，感覺連汽笛的響聲似乎也隱藏著古典、同時又是現代的東西。

這一帶——大浦這地方也飄散著長崎的特殊性、無論是眺望、房屋排列、就連石階、菓子屋都是。」

山頭火雖是禪僧，但對於天主教並不排斥。

同一天的日記裡也寫道：「今天巡拜唐寺，接著巡拜天主堂。」大概是大正初期吧！山頭火出家得度之前，常自問自答關於神的問題。曾寫「聖經傳達了神造人」，或者「連驕傲喊道『我贏了』的基督，也摔倒哭泣不是嗎？」可見山頭火對於天主教並不陌生。

又有一則軼聞，傳說山頭火出家時遞給離婚的妻子一本《聖經》，請她好好教育唯一的兒子。

35

寒い雲がいそぐ
寒雲，匆匆疾行

說明

一九二七年（昭和二年）七月五日於長崎之作。

山頭火在給朋友的信上說：「長崎好地方！真的是好地方。尤其是走相同道路的喜悅，在熱情朋友帶領下，讓我盡情體驗長崎好的地方。今天巡拜唐寺，接著禮拜天主堂。明天登山到大海、等等。對我招待得太好了。」

遊歷長崎，山頭火當然脫下法衣，穿著借來的和服，腳穿木屐、頭戴利休帽，完全是一幅觀光客的打扮。《行乞記》裡還提到被賣春婦搭訕呢。

外表上悠哉觀光，內心並不平穩。或許是這樣的矛盾形成作俳句的動力？從疾行的雲裡照見自己。

36

ふるさとは遠くして木の芽

春樹發綠芽，故鄉思遙遠

說明

一九三二年（昭和七年）三月二十一日於長崎縣早崎之作。

這天的《行乞記》中寫：「晴，彼岸之中間日，即春季皇靈祭。晴天有風，讓孤獨旅人感到寂寞。」

春季皇靈祭，到二次世界大戰前為止，現為春分之日。又彼岸是三月十七至二十三日。

「樹芽」（木の芽）是春天的季語。詩人看到春天綠色樹芽，勾起懷鄉之思。

37

笠へぼっとり椿だった

竹笠趴搭響一聲，竟是山茶花落英

說明

一九三二年（昭和七年）四月四日於長崎縣松浦之作。

這一天行乞路程三里，雨後陰，不久天空放晴，山頭火的腳步不由得輕快起來。這時，啪搭一聲，有東西掉落竹笠上，一看腳下，竟是紅色山茶花！

茶花開於春天，種類多，有紅色、白色等。凋謝時整朵花落下，「擲地有聲」。

38

けふもいちにち風をあるいてきた

今日亦竟日從風中行來

說明

一九三二年（昭和七年）四月二十日的《行乞記》說：「對於風真的傷腦筋，感覺如塵勞的文字所示。……行乞相很好，像風。反省，我沒有受供養的資格（值得應供是阿羅漢以上），被拒絕是當然的。有這樣的諦觀行乞，行乞成了修行，忍辱是佛弟子不得不遵守的道。被踩踏的泥土變堅硬，挨打受罵的人有所成。」

對於大風吹拂感到困擾，但是行乞相，像風一樣無所拘束。這二種「風」互相結合，在「風中行走」。意即山頭火不僅從自然現象，也從精神面捕捉風。

同年的日記裡又可見如下敘述：「本來空，畢竟空。空即空，色即色。這事實不是觀念，而是以體驗滲透進來。去執著，不欺騙自己，捨棄我，不裝模作樣。」、「聽風的聲音，聽自己的聲音。」

39

何が何やらみんな咲いている

這個那個蜂斗金盞，百花齊綻放

說明

這是一九三二年（昭和七年）五月一日，山頭火訪問於福岡縣田川郡絲田村礦坑醫院上班的醫師，同時也是俳人的木村綠平之作。

這一天的日記寫道：「綠平居處多蠶豆、蜂斗菜、金盞花。主人和太太都是不拘小節的個性，因此，庭院和田裡，草和蔬菜共存共榮。這對我來說實在太高興。」

山頭火與綠平的交情可謂管鮑之交。山頭火是身無一物，居無定所的行乞者；而綠平是醫生，經濟較富裕，不能輕易更動宿處者。經濟上應是綠平單方面支援山頭火，而綠平未曾抱怨或拒絕。

這句開頭「什麼是什麼」，雖語意曖昧，實有二層意思。一則表示主人個性寬宏大度，能容各型極端不同者，對花草菜蔬亦如此。二則庭院和田裡百花盛開，表示歡迎自己的到來。

40

歩けばきんぽうげすわればきんぽうげ

行臥處處金鳳花，旅人心花齊怒發

說明

「きんぽうげ」的漢字是金鳳花，中文名是毛茛。花有光澤、五瓣、黃色。金鳳花，這名字感覺比毛茛美，所以援用金鳳花名。

一九三二年（昭和七年）五月二日山頭火離開綠平家往下關而去。那一天的《行乞記》寫道：「今天的道路很好，不！是很美。蓮花、浦公英、毛茛、紅的白的黃的，百花齊放。感覺像逍遙於花園。山美水亦清，少有的好天氣（一切都是託綠平之福）。」

跟綠平談話投機，自不待言，很可能綠平除了招待他好酒好菜之外，臨行前還給了一筆豐厚的零用錢吧！

心情特別好，當然看什麼都美。

41

ふるさとの言葉のなかにすわる

跌坐故鄉語，慰我遊子意

說明

一九三二年（昭和七年）五月二十一日，山頭火為脫肛出血而苦，行程六里乞討，深深感到：「來到真的很辛苦的地步，一人之旅寂寞啊！」到了租賃的木板屋，喝下一杯燒酒之後，心情較平靜，「旅人，聽著故鄉的語言，不知不覺沉醉其中，自己也盡情說起故鄉語。」

讓我想起石川啄木的短歌：「懷念家鄉的口音／到上野車站的人群之中／聽聽那鄉音」（見《一握之砂：石川啄木短歌全集》，有鹿文化）遊子在外，鄉音或可暫時療癒思鄉之情。然而，如山頭火說的：「聽到故鄉的語言，更懷念起故鄉，要不得呀！」

42

なんでこんなにさみしい風ふく
旅途已孤寂，寂寞寒風何吹急

說明

一九三二年（昭和七年）七月一日於山口縣川棚溫泉之作。

山頭火結庵的第一候選地是九州的嬉野溫泉，川棚溫泉跟嬉野相似，想在這裡定居下來，跟當地居民交涉的結果，未獲同意，山頭火寫道：「鄉下人消極，猜疑心強，我以為沒問題，卻是不行。──我從未感受到旅人這般悽慘！」陌生人於當地建屋居住，需要在地人當保證人，山頭火始終找不著。不得已作罷，後來才轉到小郡。

想在川棚溫泉結草庵的念頭，早在這年的五月二十六日出現。日記裡寫道：「生病三天不能動，讓我想在這裡安住的決心更為堅定。世事、人生事，無法了解會怎樣？這就是所謂因緣時節啊？」

43

ほうたるこいこいふるさとにきた

螢火頻頻喚，故鄉怯怯還

說明

一九三二年（昭和七年）夏天之作。

本來打算在故鄉附近的川棚溫泉結草庵定居下來，然而，竟無一人願意作保，結草庵念頭破碎。

不過，對於故鄉，山頭火說：「話說故鄉難忘。的確如此，故鄉是無論如何割捨不了的東西。喜歡的人，有喜歡的意義，憎恨的人，有憎恨的意義。……不過，即使被拒絕被嘲笑，也無法捨棄之處，是人性令人心酸的表露。如果衣錦還鄉是人之常情，那麼衣衫襤褸徘徊於故國山河也是人之常情。」

44

いつも一人で赤とんぼ
一人常獨行　紅蜻蜓且相迎

說明

一九三二年（昭和七年）八月二十六日於川棚溫泉之作。

這一天山頭火日記裡寫道：「終於下決心，我像鳥從腳底飛起，要離開川棚溫泉。除此之外，別無他法……」這是山頭火懷抱不滿，無可紓解的一天，不意看到紅蜻蜓，「精靈蜻蜓飛翔，牠們真的是秋天的使者。」紅蜻蜓是秋初的景物，與迎精靈的盂蘭盆時期相同，因此稱精靈蜻蜓。

看到精靈蜻蜓，山頭火想到的是年輕遽逝的母親，之後，孤獨的寂寥感盤據心中。在川棚溫泉度過的最後一日，感觸尤深，日記裡寫：「百日逗留，徒留倦怠，更體悟到活著的困難。」

45

どかりと山の月おちた

咚地一聲，山月掉落

說明

一九三二年（昭和七年）九月十四日之作。

古來月亮是代表秋天的風物詩之一。俳句中使用擬聲詞，是少有的。

那時候，山頭火覓到可以棲身的草庵，整修期間暫時居住附近。那時的日常，如日記記述：「想起床時起床，想睡時睡，想吃時吃，想喝時喝。」

「廢人進廢屋——樹明兄說，其中庵的修復日有進展。合掌！用過午餐後，往海邊走約一里，在那裏逗留五小時。」

這麼悠哉的生活不知是睽違幾年了？安居一處？依山頭火的個性是不可能，日記裡寫道：「今天沒見任何人，守著自己，反省自己——我有無輕視人之處？有無怨人之處？有無盜友情之處？有無寵愛自己之處？我的生活是否過於安逸？是否無向上之念亦無精神之志？」

山頭火是常自省之人，即使觀賞月亮，也不是純欣賞，看到月亮西沉，「咚地一聲」有突然轉變之意。

46

雨ふるふるさとははだしであるく

故鄉冷雨中，赤腳我獨行

說明

一九三二年（昭和七年）之作。山頭火膾炙人口的一句。

山頭火的故鄉是防府，而這首俳句是在小郡作的。

如前述，山頭火欲在川棚結庵，卻因無人擔保而告失敗。頹喪中，不意傳來好消息。年輕的俳友國森樹明說，在小郡找到適合的茅屋。於是九月四日，碰巧是下雨天，山頭火在樹明帶領下，往小郡的矢足看那個家。決定庵名為「其中庵」。

雖然，九月四日日記中寫：「我想接近故鄉的一步，終於靠近死亡的一步。——孤獨——入浴——大雨滂沱、雷鳴、——接著發燒、——倦怠。

我太貪了，例如吃過多（在川棚一天吃五合的飯）、喝太多、獲得太多友情。……」然而，後來對那時的感懷，山頭火寫道：「雨中的故鄉讓然懷念。赤腳走路，腳趾的感觸喚醒少年的夢。」

因此，我們知道山頭火寫這首俳句時，腦中想的是，小時候赤腳走在故鄉的情景，而不是現實的心情寫生。

47

曼珠沙華さいてここがわたしの寝るところ

曼珠沙華開簇簇，此處是我睡處

說明

這是山頭火有了「其中庵」欣喜而寫的一句。

經摺本第二俳句集《草木塔》的後記，山頭火寫道：「昭和七年九月二十日，我在故鄉旁邊找到我的其中庵，可以搬到這裡居住。」

又，那時的日記裡說：「昭和七年九月二十日我當了其中庵主——這事實對我來說，比承認大滿州國是重大事實。」可見山頭火寫這句時，心中應充滿歡喜。

曼珠沙華，音譯，最早出自《妙法蓮華經》（簡稱《法華經》）。《法華經》〈卷一〉原文寫道：「佛說此經已，結跏趺坐，入於無量義處三昧，身心不動，是時，天雨曼陀羅華、摩訶曼陀羅華、曼珠沙華、摩訶曼珠沙華。……」

上文提到的四種花，是佛教的四大天華（花）。「天花亂墜」原寫為「天華亂墜」，出自唐代僧人般若翻譯的《大乘本生心地觀經》〈序品偈〉：「六欲諸天來供養，天華亂墜遍虛空。」意為參悟佛經，腦海中出現天華從天而降的場景，表示功德圓滿。因曼珠沙華盛開在陽曆七月，長於夏日，卻在秋天開花，花後發葉，花葉不相見，猶如修佛成正果，即「般若波羅密」，意思是智慧到彼岸，後來人們就稱曼珠沙華為彼岸花。中文又稱紅花石蒜、龍爪花、山烏毒、老鴉蒜等。

山口百惠曾唱〈曼珠沙華〉，聲音低沉，有股淡淡的憂愁、哀傷，令人迴腸盪氣，百聽不厭。

48
おとはしぐれか
那聲音，初冬雨來臨

說明

一九三二年（昭和七年）十月二十一日，於「其中庵」之作。
那天日記寫道：「陰，之後晴，秋漸深。
早上，蹲廁，啪答啪答的聲音、是初冬的雨、是初冬的雨下在屋頂的聲音。突然有了『那聲音，初冬雨？』
這一句。」
自由律俳句，以十七音節定型為原則，超過的叫長律。這首，只有七音節，稱短律句。
山頭火亦擅長寫短律句。

49

月が昇って何を待つでもなく

皓月東升，無期待之情等待

說明

一九三二年（昭和七年）十二月之作。

對於月亮，尤其是滿月、明月，詩人不免寄懷，或有所期待。如蘇東坡「明月幾時有，把酒問青天」、「料得年年腸斷處，明月夜，短松岡」；李白「花間一壺酒，獨酌無相親。舉杯邀明月，對影成三人」；張九齡「海上生明月，天涯共此時」。這類詩詞，不勝枚舉。

山頭火在小郡結「其中庵」之前，歷經幾年行乞流轉的生活。得以定居下來，照理說應該「心滿意足」，然而，日記裡卻寫道：「抗議有二，其一，勿羨慕獨居。其二，勿以古人樣式套用今人。感到寂寞則環繞田地，環繞家四周跑，如此得到安慰。」

日本自古以來，漂泊詩人對於西行、宗祇、芭蕉的傳統有其固定印象。或許是在抗議這個習慣？對於這句，山頭火說：「這一句，出現這陣子的我，無期待卻等待的我。」

50

雪ふる其中一人として火を焚く

其中雪花飄落，一人獨焚火

說明

一九三三年（昭和八年）一月二十五日，山頭火發行個人雜誌《三八九》第五集，大喜。寫道：「好美的早晨，好美的早晨，實在太高興，實在太喜悅了！」

焚火，室內生暖。情感真實流露。

取名「其中庵」，來自山頭火特別喜歡的《觀世音菩薩普門品》其中一節：「若三千大千國土，滿中怨賊，有一商主，將諸商人，齎持重寶，經過險路，其中一人，作是唱言：『諸善男子，勿得恐怖，汝等當一心稱觀世音菩薩名號，是菩薩能以無畏施於眾生，汝等若稱名者，於此怨賊，當得解脫』眾商人聞，俱發聲言：『南無觀世音菩薩』稱其名故，即得解脫。」

與此經文相對照，山頭火一人獨焚火，是相信自己的俳句風格，能引領風騷，追隨者眾？抑或遺世獨立，不同流俗，孑然一身？耐人尋味！

51

雪へ雪ふるしづけさにをる

雪花飄落雪花上，寂靜更添沉靜意

說明

一九三三年（昭和八年）一月二十七日於「其中庵」之作。

二十六日，是舊曆新年初一，下雪。山頭火在日記裡記述：「雪景確實漂亮！」又說：「雪的風情是，通過雪看自己的風姿」、「感覺到雪的寂靜（不是雪的寂寞），雪的沉靜，那是自我觀照」。然而，自我觀照不是觀念性，而是「潛入現實，穿過現實時才能歌詠現實」、「通透自己就是通透自然」。

翌日，山頭火寫下十八首詠雪的俳句，這句是他詠雪的最高傑作。大雪中的寂靜，彷彿天地間一切靜止，我亦融入自然之中。

52

あるけばふきのとう
緩步慢行，蕗薹花來相迎

說明

一九三三年（昭和八年）二月二十三日之作。

山頭火在日記裡說：「俳句於我而言，是生活。作俳句之心，是我活著的源泉。」生活就是俳句。或許在路邊看到蕗薹的花，就作了這一句。

「ふき」漢字是「蕗」，中文名「蜂斗菜」，臺語叫它「蕗蕎」。「とう」漢字是「薹」，指的是蜂斗菜的花。日記裡，山頭火說：「蜂斗菜的花，蜂斗菜的花，你是春天的使者」、「春天、春天、春天到了！」欣喜之情，滿溢字外。蜂斗菜的花，可煮味噌湯，可油炸當下酒菜。

另一句「ほろにがさもふるさとの蕗のとう」（微苦　亦是故鄉蜂斗菜的花）

微苦，不僅是蜂斗菜的花的滋味，或許也是人生不得不嘗的滋味吧！山頭火也說：「無論吃什麼都覺得好吃！我是多麼幸福的人呀！這也是托行乞與貧窮之福。作俳句之道，即成佛之道。享受俳句，創作俳句，對我來說就是體味人生，深化生活。」

53

春風の鉢の子一つ

春風煦煦，鐵缽仔一只相許

說明

一九三三年（昭和八年）三月十九日之作。

這一天，「其中庵」來了國森樹明、近木黎黎火、大山澄太等雜誌《層雲》的俳友，開始「其中庵少有的饗宴」。

當天日記，山頭火寫道：「隨意躺在草地上聊天，真好！萬里無雲的藍空，還有逐漸吐芽的枯草。看！悠游於俳句者的親切！」

「鉢の子」和「鐵鉢」同一物。前文「鉄鉢の中へも霰」寫的是冬天，使用「鐵缽」；而寫這首時是春天，使用「鉢の子」。

二者雖為同一物，然名稱不同，語感也不一樣。前者，冰冷、生硬；後者，有輕巧、可愛之感。

對山頭火來說，鐵缽是乞食的道具，不能沒有。而乞食也是重要的佛道修行之一。

54

ぬいてもぬいても草の執著をぬく

拔來又拔去，拔掉雜草執著意

說明

這句是一九三三年（昭和八年）四月之作。前一年九月，山頭火於小郡結「其中庵」，暫時定居下來。翌年四月，春天到來，雜草叢生，拔之不盡。

山頭火以雜草為題的俳句，不知多少？旨趣各有不同。一九三六年（昭和十一年）出版的經摺本第四俳句集，題為《雜草風景》。後記裡，山頭火說：「我不過是雜草般存在，但因此而滿足。雜草以雜草生長、開花結實，然後枯萎，這樣就好。」

寫雜草的執著，其實也是寫自己。一九三三年（昭和八年）二月十日的日記寫：「說不執著，不一定是實話。執著、執著、執著透頂才是真的。說不會做到耽溺、溺愛、沉溺、狂熱等語言表現的程度，是謊言。如果不到那境界，就不能了解那東西的味道。」

這句是過渡期的俳句，仍有雜草的執著，幾年後才達到「雜草是我，我是雜草，我與雜草一如」的境界。

55

こころすなほにご飯がふいた

心情不掩飾，如炊飯膨起時

說明

一九三三年（昭和八年）六月十五日之作。

從六月三日至十一日為止，山頭火在北九州地方行乞。回到草庵數日後，炊的飯應是化緣得來的米。

當天日記寫道：「幾乎徹夜整理身邊事物，心情舒爽。」

56 やっぱり一人がよろしい雑草

雜草，還是一個人的好

說明

一九三三年（昭和八年）六月十八日於「其中庵」之作。

山頭火雖然在日記裡寫道：「雜草是我，我是雜草，我與雜草一如。」然而，真能完全化為雜草嗎？答案是否定的。

《雜草風景》後記中寫：「有時清澄，有時混濁。——或清澄或混濁的我，不管清澄或混濁，對我而言，無疑的每一句都是身心脫落（聖嚴法師解釋：一個人如果無所執著，把自我中心、自我身心全部放下，什麼也不剩，就叫作身心脫落）。」

心，常動搖、混亂，這是山頭火的老實。

57

笠をぬぎしみじみとぬれ

摘下斗笠，雨濕漉漉真愜意

說明

一九三三年（昭和八年）六月二十日行乞途中之作。

「其中庵」之一日記：「飯是，要來吃。菸是，撿來吸。不是活著，而是被活著。自然被活著的人，在社會上非活著不可。蟲是生存，人是生活的原因。」

山頭火結「其中庵」之後，心情好就外出行乞；否則，或午睡或休息讀書。然而，他並無積蓄，不能老是看心情好壞，決定行乞與否。一九三三年（昭和八年）六月二十日，這一天早上五點左右就出門行乞，這首俳句是在秋吉台附近的山口縣伊佐行乞途中作的。從句中用「しみじみ」，能看出心情是暢快的。途中遇雨，乾脆脫下斗笠，讓雨盡情揮灑。手持錫杖，身穿法衣，一手托缽，斗笠掛胸前，雨中行。這是多麼風流情景啊！

58

風のてふてふのゆくへを見おくる

風中蝴蝶翩翩飛，目送何方歸

說明

一九三三年（昭和八年）六月九日之作。

山頭火與道友分手後，回首分手的山頂，目送蝴蝶隨風飄去，連想到自己的人生，是心像風景之作。

山頭火在日記裡寫道：「總之我已覺悟曝屍荒野，至少希望像鳥獸那樣死去。」希望像風中的蝴蝶，無人知曉，畫下人生美麗的句點。

59

酔いざめの風のかなしく吹きぬける

風吹酒醒，又無情吹不停

說明

似為一九三六年（昭和十一年）八月之作？

這首俳句的前言中寫著「自責」。

八月六日的日記裡寫著：「像去掉酒，我的身體似乎不存在，抽離矛盾，無法表現我的心。哎啊！爛醉、忘卻自己、深夜的驟雨敲打倒在路旁的我，我失去一切，色即是空。……唯有改變，確實我的身心一部份已經脫落了。飄飄山頭火！悠悠山頭火！清湛的水的寂靜啊！」

山頭火的俳句，率直表現自己的心情、感受，有時相當直白，看似容易，其實，如他所說：「越深入表現心，越直白——俳句要能達到這境地，如果不是不斷精進，無法了解。」

60

けふもいちにち誰もこなかつた蛍

今日亦竟日獨坐，唯有螢火伴我修行樂

說明

禪僧結庵為修行，「庵中獨坐」追求孤獨的生活。禪的要諦「本來無一物，隨順本心」、「身心清淨即身心安泰」。

「庵中獨坐」，無比孤獨，耐得住孤獨是最好的禪修行。

61

風のなかおとしたものを探している

遺落風中物，且向風裡尋匿處

說明

山頭火怕風！感覺置身於風巾，好像一切都被風看透了，寂寥感倍增。但另一方面，置身風中也有一種安全感。

山頭火在日記裡寫道：「看風，有種飄飄之思。古時詩人嘆：風呀！你從哪裡來？到哪裡去？我也想歌詠風，歌詠風這東西！」

62

ふとめざめたらなみだこぼれていた

夜半忽夢醒，始覺淚濕枕

說明

一九三三年（昭和八年）十二月二十七日之作。

這首俳句的前言寫：「從十二月二十七日起稍感冒，臥床，病中吟。」

山頭火曾在日記中寫道：「夢見酒醒，那是快要窒息、悲傷的夢。啊，生者死亡，有形體者瓦解，相逢必分別──那，那，那真是悲傷呀！」這一夜或許也做同樣的夢而淚濕枕。

63

お月さまがお地蔵さまにお寒くなりました

月娘灑清輝，土地公著涼

說明

一九三三年（昭和八年）十一月之作。

隨筆寫道：「月亮逐漸清澄。隨著芋頭肥、毛豆甜，月亮也明亮。夜晚容易醒來的我，半夜起來賞月。明月的清寒光輝，沁入我身也滲入我心，回憶也像無盡的天空無限展開。」

這首童謠式的俳句，於山頭火極為少見。

64 呼びかけられてふりかえつたが落葉林

忽聞喚我聲、回首，只見落葉林

說明

一九三三年（昭和八年）十二月二十七日之作。

照字面意思，不難解。聽到有人叫我，回過頭，只見樹林一片寂靜，可能是幻聽吧！

然而，研究山頭火的大家村山護卻說，這不是旅途之作，而是躺在草庵的病中吟。

接著引同日日記：

「是多麼沉靜，而又不沉靜的一天呀！

我回到存在的世界，繼續踏尋Sein的世界，那不是悟的世界，也不是放棄的世界，我的俳句暗示著那世界。從Sein的世界往Wissen（道德的世界），接著往Mussen（宗教的世界），然後再往Sein（藝術的世界）。——那是實在的世界，存在變成實在時，那世界是他真實的世界。」

結論是，「山頭火回頭的或許是道德的世界或宗教的世界。然而，對自己而言，那世界有如幻聽，遽然回頭，一看，只見落葉林的現實世界。」

作何解釋？請讀者自行決定。

65

ふくろうはふくろうでわたしはわたしでねむれない

我自獨眠梟自鳴，長夜漫漫夢難成

說明

一九三四年（昭和九年）二月十三日於「其中庵」之作。

這首俳句共23音節，比定型俳句的17音節，多了6音節。當然也是自由律俳句。將梟擬人化，以梟和我相對的表現法，是山頭火俳句特色之一。

梟（ふくろう）雖是冬天的季語，但山頭火以季語使用的意識相當薄弱。

前一年的二月八日，日記裡寫：「梟，混濁的聲音啼叫，實在難聽；不過，也有吸引人之處，聽著聽著不禁喜歡起來了。牠似乎與我背負著共通的命運。」

梟是夜行性動物，山頭火的句作大概也是夜晚進行的多吧！寂靜的夜晚，靜聽梟啼，不免勾起千絲萬縷思緒！

66 この道しかない春の雪ふる

只此路一條，靄靄春雪飄

說明

一九三四年（昭和九年）三月十四日之作。

當初發表於《層雲》時的前言寫：「從旅途往旅途。」

又，於〈道〉的隨筆寫道：「道，不是追求非凡，而是行於平凡。從漸漸修行，產生一超直入（注：直指人心見性成佛之意）。飛躍的母胎是沉潛。

總之，琢磨俳句，就是修練人。人的閃耀就是句的璀燦。離開人，就沒有道，離開道，就沒有人。

道在前面。筆直前行，馬上走吧！」

這裡刻畫的是山頭火頭戴斗笠，手持錫杖，身穿法衣於靄靄春雪飄落中默默前進的意象。春雪飄落，即使沾濕法衣，覆蓋斗笠，寒冷難忍，唯有在這條道路上繼續不斷的前進·修行，是一種再覺悟的體認。

67

生えて伸びて咲いている幸福

幸福萌芽成長又開花

說明

一九三四年（昭和九年）五月十八日於「其中庵」之作。

這一天的日記裡，山頭火寫道：「在木曾路作俳句的線索好不容易找到了；然而，在飯田生病，又不行了。接著回來之後，慢慢又找到了。」

山頭火本來想到長野縣的伊那去祭掃俳句詩人景月的墳墓，在木曾路的山頂由於有殘雪，只得作罷。後來感冒，引發肺炎，無功而返。回到「其中庵」之後，身體狀況仍不佳，待在庵中日多。那時心靜如日記末尾的「斷想二三」所述：

「存在的世界，既有的世界，示現它的是我周圍的雜草。

雜草的花，我想拿它當第幾集的題名。

生活單純化，從那裏產生日本式的東西。」

「其中庵」被雜草包圍，山頭火望著雜草，把自己投影到雜草上，而作此句！

68

蜘蛛は網張る私は私を肯定する

蜘蛛結網不動如山，我肯定我自己

說明

山頭火於木曾路殘雪中行乞，患急性肺炎住進信州飯田醫院一週，無法行動。出院後回到草庵，身體狀況仍不佳。這之間發生惱人事件，即好友國森樹明外遇，對象是旅館的服務生。日記裡寫道：「近未明，T子桑來庵，不是來找我，是找樹明。這對庵是不妥的。」翌日寫著：「T子桑回去了。樹明君也回去了，剩下我一人，清淨呀！其中庵一人已足夠（半個人傷腦筋，二人三人也麻煩）。」

剩下一人，若無其事看蜘蛛結網不動如山，深感有趣。或許因此自我觀照，對自己獨守草庵，耐住閒寂，給予肯定吧！

69

枯木に鴉が、お正月もすみました

枯木棲寒鴉，新年結束了

說明

一九三五年（昭和十年）一月十一日之作。

烏鴉嘎嘎的叫聲，覺得好聽的人應該很少吧！中華文化裡，聽到烏鴉叫聲，被視為凶兆，是不吉祥之鳥。

然而，在日本烏鴉卻另有一個形象。以烏鴉信仰為人所知的熊野三山的各大神社，護身符上有鴉字的繪文字，現在依然使用。

俳句中詠正月的烏鴉是吉祥的，初鴉、明鴉、夜明鴉當季語，是視鴉為神的使者。

一九三五年（昭和十年）年頭，題〈吊兒郎噹手記　備忘錄〉之文中寫道：「在自己之中看自然，不如在自然之中看自己（關於作俳句的態度）。」意即在烏鴉身上看自己。

又寫道：「做想做的事，不想做的事不做——這是我的個性也是信條。為了實現它，我進入這樣的生活（非進入不可）。」

神遣寒鴉棲枯木，新年結束了，好運是否也跟著結束了呢？不免有所懷疑與不安。

70

ぶらりとさがつて雪ふる蓑虫

悠然垂掛，雪中蓑蟲

說明

一九三五年（昭和十年）二月七日於「其中庵」之作。

這一天的日記裡說：「我由於不生產，隱遁式的生活而苦惱。終於可以落實這樣的信念——行動，我想並不一定要直接的，個性上只能做間接行動的我，我自身、我周圍，莊嚴提供了和諧的存在、慰安的場所，我想這就是我生活的意義。」

蓑蟲以自身分泌的絲，接在枯葉或樹枝，作形似蓑的巢，然後潛入其中，掛在樹枝上過冬。這裡，或許可將巢以「其中庵」替換，如此，蓑蟲不就可以與山頭火對應？

71

空へ若竹のなやみなし

嫩竹空中竄，無憂亦無煩

說明

一九三五年（昭和十年）五月一日於「其中庵」附近之作。

竹子的空心，中國文人引申為「虛心」；竹子的竹節，引申為「氣節」；竹子的耐寒長青，被視為「不屈」；竹子的高挺，被視為「昂然」；竹子的清秀俊逸，被引申為「君子」。山頭火寫竹的句子不少，然著重於竹子的生長迅速，並無中國文人賦予的「高風亮節」之類的象徵意涵。

一九三五年（昭和十年），山頭火年五十三，已近晚年，見嫩竹迅速生長，不免作俳句詠之，可見「童心未泯」與對無煩憂的嚮往。

山頭火自己似乎很喜歡這一句，在短冊、色紙、掛軸，常書寫這一句。

72

何を求める風の中ゆく

心中何所求，風中向前走

說明

一九三五年（昭和十年）六月二日，山頭火寫下這首代表「風之詩人」的傳世之作。關於自己的生活方式，山頭火在後來的日記裡寫道：「生活像流水——這是我的願望；但是今日飄飄走在風中，我希望生活方式像風一樣」又，日記裡說：「行乞相，很好！像風一樣。」

山頭火將自己的特徵歸納為三點，在某日的《行乞記》寫道：

「沒走路的日子，寂寞
沒喝酒的日子，寂寞
沒作俳句的日子，寂寞」

走路、喝酒、作俳句，是每天的功課，缺一不可。

行乞困頓，求祈生活的安定，因而結廬「其中庵」，然而，住了一段時間之後，又覺得長居庵中，不利創作，因此想捨棄「其中庵」，外出行乞，卻遲遲下不了決心。日記裡說：「整理身邊，有怎麼整理也整理不了的東西。非再一次出發行乞不可。」

關於這一點，村上護解釋：

「猶豫間，風吹來，似乎在催促自己趕快整理身邊事物，因此，無法待在庵中，外出走在風中；自問：自己何所求？」

73

旅ごころかなしい風がふきまくる

行乞道路已傷悲，寒風更無情吹

說明

一九三五年（昭和十年）四月四日，山頭火繞到鎌倉，再到東京出席《層雲》的中央大會。日記裡寫道：「我毫無目標地走著，總覺得寂寞！流浪者的寂寥，孤獨者的悲哀。無可奈何的事實。」

74

しっとり濡れて草もわたしもてふてふも

細雨霏霏，滋潤青草與我、還有蝴蝶飛

說明

一九三五年（昭和十年）五月五日的日記中寫：「總算恢復自己，似乎像我了。五月的甲州街道實在很美。在桂川峽聽到青蛙叫聲。山上原野各種花開。」置身寂靜的自然之中，山頭火也恢復為本來的山頭火。

75

遠くなり近くなる水音の一人

水聲忽遠又忽近，知音只一人

說明

山頭火從甲州路進入信濃路，目睹美麗群山相連，喜不自禁，作此句。彼時在輕井澤附近，日記裡寫道：「淺間山前，躺臥落葉松下，觀看高空，深刻感受到旅途、春天、人心、俳句、友情……。對樹芽、各種花、水聲、小鳥啼叫、……無論什麼都高興。」

這首俳句聚焦於水聲，將水聲擬人化，意涵無論遠近我是你唯一的知音。

76

あふたりわかれたりさみだるる

相逢又分離，心亂如梅雨

說明

山頭火從信州到東北的旅途中一再上演相逢、分別的構圖。那時交通不如現代方便，加上山頭火大部分時間在本州南端，又以行乞過日，可以想像相逢之不易。然而，長久的別離只換來短暫的相逢，相逢之後很快又面臨別離，心中的不捨與難過自不待言。這時適逢梅雨季，霪雨霏霏，為離別增添不少愁緒。

77

花が葉になる東京よさようなら

花落葉初萌，東京啊，沙喲娜啦！

說明

山頭火為了出席一九三六年（昭和十一年）四月在東京舉辦的《層雲》全國大會，來到東京。

傳統有季定型俳句，一句使用一個季語，是常識；這句裡既有花（當然指櫻花），屬表示春天的季語，又有葉（即葉櫻）表示初夏的季語，使用二個季語，被視為邪道。

然而，山頭火觀念中，對於花和葉，意識上不是以季語使用，而是表示時間的推移、流動，從春天到初夏。

山頭火曾寫道：

「對季節遞嬗敏感的，於植物是草，於動物是蟲，於人是一人、旅人、貧窮人（在這點，我也像草或蟲的存在！）」

山頭火來到東京之後，接受太多朋友的布施，在東京玩得不亦樂乎。不知不覺間，上野的櫻花都冒出綠葉了！雖然沒有急著要辦的事，或非去不可的地方，但山頭火知道不趕快離開東京不可了！

78

また一枚ぬぎすてる旅から旅
又脫一件丟，此處又他鄉

說明

疑為一九三六年（昭和十一年）五月之作？時山頭火年五十五，為詠更衣之作。

一九三八年（昭和十三年）五月二十七日，整日於草庵中，時序從夾衣更換為單衣，山頭火聲明「故意寫定型俳句一首」：一九三八年（昭和十三年）五月二十七日，整日於草庵中，時序從夾衣更換為單衣，山頭火聲明「故意寫定型俳句一首」：「さすらいの果はいづくぞ衣がえ」（漂泊何處是盡頭　又是更衣時節）。

山頭火年輕時作過定型的傳統俳句，然而，對於嚮往如行雲流水、花開枯萎如雜草人生的人，傳統俳句畢竟不適合。因此，改作自由律俳句。

自由律俳句，如山頭火所言：「入門易，登堂難，入室更加困難。」因為在看來極為簡單的表現裡，非有緊張的內容不可。

可見，是否具有俳句性，不在形式，在於內容。

79

あるけばかつこういそげばかつこう

緩步慢行郭公聲，疾步速行亦郭公

說明

一九三六年（昭和十一年）五月十七日，於佐久盆地所作。

杜鵑，也叫布穀，叫聲如郭公，因此也叫郭公。

日記裡寫道：「信濃——北國山間，到處都是這樣，——梅、櫻、桃、李一起綻放，自然和人都忙起來了。」

二天前，山頭火日記裡說：「第一次聽到杜鵑鳥啼，旅情一新。」在俳句集《草木塔》中，山頭火說：「去年到東北地方旅行，對郭公之多感到驚訝，盡情聽牠的聲音。在信濃路第一次看到牠。」

山頭火於一九三五年（昭和十年）十二月六日，耐不住庵中獨坐，開始往信州、東北出發行乞旅行。到了作這句俳句時，已經過了半年以上，應該不是非急行不可的旅程，而感到急的，其實是杜鵑的啼叫聲。

在這首俳句稿子後邊，山頭火寫下當時心境：

「能悠然活下去嗎？

能從容而死嗎？怎麼樣？怎麼樣？

聽山、水語吧！」

也就是說，當時山頭火並無定見。所以，要聽山的意見？聽水怎麼說？

80

てふてふひらひらいらかをこえた

孤蝶翩翩，飛過朱甍往哪邊

說明

一九三六年（昭和十一年）七月六日，於曹洞宗大本山福井的永平寺之作。山頭火在熊本出家得度的是曹洞宗，本來應該到永平寺修業，過了十一年才來，心中不免有愧，感慨或許因此較多。

七月四日進永平寺，翌日日記裡寫道：「終日獨坐，無言、反省、自責」。第三天的日記：「念經結束，打開拉門，黎明，山的翠綠流入，心中歡喜無可言喻。道即事，事即道。

將行住坐臥之事務，置之度外，哪裡是人生？哪裡是道？」

飛越朱甍的蝶，何處去？如果將蝶看作山頭火，那麼蝶的行蹤耐人尋味。

81

酔い覚めの風のかなしく吹き抜ける

酒醉催人醒，寒風悽悽吹不停

說明

這首俳句可能是一九三六年（昭和十一年）八月的作品。前言中寫著二字：「自責」。

山頭火在八月六日的日記裡寫道：

「如去掉酒，我的肉體似乎不存在，去掉矛盾，我的心無法表現。

亂醉、自我忘卻，倒在路旁的我，被深夜的驟雨拍打，我喪失一切，色即是空。……

專心一志、確實我的身心有一部分脫落了、飄飄然山頭火！悠悠然山頭火！滿溢的水的寂靜！」

儘管沉迷於酒，山頭火卻不懈怠作俳句。山頭火的俳句是心情直接的吐露，因此引起諸多共鳴。然而，他的俳句並非信手捻來，他說：

「越深入表現心就越直接——俳句要達到這境界，除非不斷精進，否則無法理解。」

82

何おもふともなく柿の葉のおちることしきり

柿葉落紛紛，心無所思

說明

一九三六年（昭和十一年）十月初旬之作。

「其中庵」庭院有一顆大柿子樹，常是山頭火俳句的素材。第五經摺本俳句集即命名《柿之葉》，後記寫道：「柿子葉好美！嫩葉、青葉都美，尤其是落葉！觀雨濕閃耀的柿葉入神時，我被造化之妙感動。」

作此句那陣子的日記裡說：「柿子落葉色彩之美，到了撿拾起來無法不凝視的程度。」又說：「我心似柿葉！」

83

風の中からかあかあ鴉

嘎嘎聲不息，孤鴉風中啼

說明

一九三六年（昭和十一年）十二月之作。

日本這時期烏鴉特別多。我留學日本東北大學時，有一天下午到附近的植物園閒逛，突然烏雲蔽日，陽光頓時消失，嘎嘎聲不絕於耳，抬頭一看，天啊！是烏鴉，不是烏雲。一大群烏鴉布滿天空，遮雲蔽日。然而，日本人對於烏鴉的聲，並無不祥的觀念。

這首詠鴉俳句，不免讓人想起松尾芭蕉有名的「枯れ枝に烏のとまりけり秋の暮」（枯枝寒鴉棲，秋日黃昏）。

日本近代俳句的主流是即物寫生、花鳥諷詠；而山頭火卻反其道而行，著重於象徵意涵。那陣子在日記裡，他說：

「一切都表現心。無論山、風、雲、水，或鳥，一切都是心的表露。有這樣的境地，接著是作品。」

又寫道：「今天沒有郵件來。郵件是我剩下的唯一樂趣。」因此，這句的烏鴉啼叫，或者也可以看作是山頭火自己。

84

石を枕に雲のゆくへを
以石為枕，觀雲飛

說明

一九三九年（昭和十四年）十月初旬，於流經松山郊外的石手川之作。

本句前言寫：「與一洵君沿石手川。」一洵是山頭火的支援者高橋一洵，當時是松山商大教授，為山頭火能落腳松山而奔走，二人意氣投合。

松山，是正岡子規的出生地，市內道後溫泉有子規紀念博物館。松山有近代俳句麥加之稱。據說山頭火憧憬松山的俳句風土，希望死後能葬在這裡。

說到枕石，又不免想起夏目漱石（本名夏目金之助）。漱石筆名最初用於明治二十二年（一八八九年）九月九日脫稿的《木屑錄》（紀行漢詩文集）。「漱石枕流」，語出南朝宋劉義慶《世說新語》〈排調〉：

孫子荊年少時欲隱，語王武子「當枕石漱流」，誤曰「漱石枕流」。王曰：「流可枕，石可漱乎？」孫曰：「所以枕流，欲洗其耳；所以漱石，欲礪其齒。」

此事亦見於《晉書》〈孫楚傳〉。

85

生まれた家はあとかたもないほうたる

老家遺跡尋不回，唯見螢火飛迴

說明

種田家本是防府市當地大地主，後因家道中落，父親變賣房產，遷居鄰村的大道村。父親經營造酒廠，買賣股票大虧，山頭火偕妻連夜逃到熊本，那是一九一六年（大正五年）之事。

一九三八年（昭和十三年）七月十一日，山頭火造訪妹妹家，可能在途中順道尋訪了他出生的老家。那時房地已分割給多數人，當然遍尋不著往日遺跡。

86

おちついて死ねそうな草枯るる

似乎從容就死，草枯萎

說明

一九四〇年（昭和十五年）一月於「一草庵」之作。前言寫道：「給一洵君。」一洵，即高橋一洵，幫助山頭火建一草庵者。山頭火曾形容一草庵：「新居位在高台，閒靜。山美、沙清、水甜，人似乎也不錯。對老漂泊者的我而言是太好的住家。」又說：「松山的風來居比山口還美，又溫暖。」似乎相當滿意。

或許因此希望老死在這裡，他在這首俳句旁附記：「老來不得不深切感到死比生還困難。」

87

おちついてしねそうなくさ萌ゆる

似乎從容就死，草竟萌芽

說明

一九四〇年（昭和十五年）三月十二日於松山「一草庵」之作。

這句有長長的前言：「我的草庵蹲在御幸山山麓，被宮與寺懷抱著。人老了容易厭倦，一人一草，簡簡單單就夠了。反正我的道除了堅守我的愚之外是不可能的。」

作上一句，本來希望快快從容死去，卻死不了。春天到來，草木萌芽，自己還活著，於是又作了這一句。枯死與萌芽、死與生，是對立的概念；然而，對禪僧山頭火來說，死生一如。

88

枯枝ぽきぽきおもふことなく

枯枝喀嚓喀嚓折，無所思

說明

一九三八年（昭和十三年）一月九日之作。

日記裡寫道：「有句話說，枯木亦增山情趣，我不過是寒傖的枯木，不過也不一定就不能增添山情趣，遊手好閒活下來，然而，活著，已經厭煩了。活著痛苦。我是活著的無用之人，不，不！是增添麻煩之人。我要是死了，對自己、他人都有幫助。

枯木，砍伐掉，幼木迅速生長，接著長出許多嫩枝，枯木成了累贅，砍下當材燒，好！因此，我砍伐我自己。」

現實生活與俳句呈現的意旨大相逕庭，或許山頭火自覺死也死不了，再煩惱也無益，重新面對「現實」——作俳句。

大約一星期之後，日記裡寫道：「——以身作俳句，不是好或不好的問題，不是幸與不幸的問題。是業！無可奈何！這是我的宿命！」

89

けふの暑さはたばこやにたばこがない

香菸店竟無菸，今日酷暑何以解

說明

山頭火從一九三八年（昭和十三年）十一月至翌年九月為止，都住在山口市郊外的湯田溫泉中一間四疊半的獨立屋。裡頭似乎特別悶熱，尤其碰到幾十年罕見的酷暑。

日記裡描述：「斥責聲、哭泣聲、怒罵聲、笑聲——深深感到處於市井之間，覺得是在暗街小巷。」住處周圍環境似乎不良。於是戲作一首歌謠：

「後邊的小孩，是愛哭泣的小孩
隔壁的小孩也是常哭泣的小孩
隔壁的一哭，後邊的也跟著哭
哭與被哭，度過每一天」

買不到香菸，其實是那時日本《國家總動員法》規定的，山頭火故意把酷暑牽連到香菸，是遊戲心情？或是另一種消暑方式？

90

ほろほろほろびゆくわたくしの秋

士兵飄然而逝，我底秋天

說明

一九三九年（昭和十四年）十一月七日之作。

原文為「ほろほろほろびゆく」（horo horo horobiyuku）三個同音反覆，形成音色之美，美中帶淒涼感。

這天日記上寫道：「松樹林延伸，大海天空一片碧綠，秋天——」感覺到秋天的喜悅；然而，後邊寫下：「行乞之間，更察覺到出征標幟之多，三張連在一起不由自主低下頭。」大大讚揚出征士兵的殉國精神。也希望自己的生死如士兵般潔白。

91

鈴をふりふりお四国の土になるべく

遍路鈴聲搖，化為四國之土

說明

這首俳句的前言是：「老遍路。」老的意思是舊的、以前的。遍路，指的是「四國遍路」：循弘法大師聖蹟，走一趟八十八處靈場札所之旅，一千四百四十公里，步行約需六十日。

山頭火於一九二八年（昭和三年）走過一次。一九三九年（昭和十四年），預測自己死期不遠，希望死在四國，於是到松山，從那裡開始遍路之旅。

一九三九年（昭和十四年）十二月，他住進松山城北的「一草庵」，等待死亡到來。這座草庵位於從第五十一號石手寺往第五十二號太山寺的遍路路旁，聽得到「遍路者」敲的鈴聲。

山頭火最晚年的日記末尾寫道：「心存感謝經常心情好，心情好對我來說一直都是祭典，以磕拜的心而生，想以磕拜的心而死，那裏會有無量的光明與生命的世界等待我吧！因為巡禮之心應該是我的故鄉。」

92

その一片はふるさとの土となる秋

那一片遺骨，秋來化作故鄉土

說明

大東亞戰爭期間，初期會將在海外戰死的士兵遺骨下小拇指送回日本。到了後期戰況不利時，送回的僅是一只裡頭裝著戰死公報的白木盒。日華事變（中國抗日戰爭）正激烈時期，將在當地燒毀的遺骨裝在白木盒子送回。山頭火寫了多首追悼戰死士兵的俳句，命名為「銃後」（後方）。這是其中之一。

山頭火未作過謳歌戰爭的俳句，視線凝注在送回的白骨，態度不言可喻。

93

春が来た水音の行けるところまで

春天來顧，行到有水聲處

說明

刊載於一九三四年（昭和九年）五月號的《層雲》。

山頭火心儀的俳句詩人井上井月於一八八七年（明治二十年）死在信州伊那的路旁，時年六十六，身後留下一本全集。山頭火大為欣賞，有意到伊那的井月墓拜謁。

一九三四年（昭和九年）初，山頭火即計畫去掃井月墓，給俳句詩友關口父草等的明信片上已預告。二月十九日寫出發旅行的俳句；然而，途中左手麻痺，二月二十六日緊急回庵，日記裡寫道：「整理身邊事務——是否也寫遺書？」

經過大約一個月的休養，三月二十二日終於又離開草庵，這首俳句就是那時寫的。前言中寫著：「出發旅行。」「行到有水聲處」意思是「走到能走之處」。

94

たんぽぽちるやしきりにおもふ母の死のこと

蒲公英花落紛紛，慈母之逝憶頻頻

說明

一九四〇年（昭和十五年）三月六日之作。

這一天，山頭火日記裡寫道：「今天起得很早，太早了，一切都準備好了，天還沒亮。亡母第四十九次忌日……一洵到校途中過來，為母親念經，謝謝！……恭謹在佛前燒香誦經，母親啊，請赦免我這不幸者。」

這裡「不幸者」的意思是自己想孝順母親，然幼年喪母，是為不幸。

山頭火輾轉漂泊，尋找死亡之所，來到松山。

前一年秋天，他從宇品港到四國之前，曾借宿廣島市大山澄太家二晚，那時山頭火對澄太說過這樣的話：

「出發到松山的早上，山頭火整理唯一的大黑色包袱巾的包袱；突然從裏頭滾出一個用白紙捲起來的東西。他很慎重似地伸出雙手。

『那是什麼呢？』

他說：『是母親的牌位。母親被從井裡撈上來時，我緊緊抱住冰冷的屍體。我想那樣的死法，母親不會成佛。我喜歡巡迴參拜寺也是為了母親。一直放在背箱底雲遊。』

妻子和我都流淚，說不出話。」

山頭火在「一草庵」把母親的牌位安置在床龕，追善供養從不懈怠。那時刊行的俳句集《草木塔》的扉頁寫著：「謹以此書供奉年輕早逝的母親靈前」。

95

うどん供へて、母よ、わたしもいただきまする

供上烏龍麵、母親啊、我也進餐

說明

一九三八年（昭和十三年）三月六日於「其中庵」之作。前言寫道：「母親四十七年忌。」

四十六年前，山頭火的母親投入自家深井而亡。那時，山頭火九歲，之後過著一輩子思慕母親的人生，甚至選擇托缽乞食的生活方式，也跟母親的自殺有關。

這一天的日記，山頭火寫道：「亡母四十七年忌，悲傷、僅少的供奉。她一定在地下為我哭泣吧！今天我吃了供在佛前的烏龍麵。絕食四天，我步履搖晃，無法獨坐，橫躺讀書思索。」

對於親人、朋友的思念，一般會隨著時日的消逝逐漸淡薄，甚至消失；然而，山頭火並

非如此，例如他曾在一九三七年（昭和十二年）三月三日的日記寫：

「亡母忌日。

沉痛的情緒，瀰漫身心。

……我們一家人的不幸從母親的自殺開始。……

母親沒有罪，誰都沒有罪，說到不好大家都不好。……」

96

ついてくる犬よおまへも宿なしか
跟來的小狗呀，你也沒住處嗎

說明

一九三九年（昭和十四年）十一月七日之作。前言寫道：「途中即景。」

前一天，山頭火經室戶岬到岬南端的最御崎寺參拜，在那裏被小狗咬傷了。這一天字條上記下：「今天狗狗也跟著我，傷腦筋！看來跟那隻很像，是茶色小狗。」日記裡則寫：

「明天有明天的風，今天交給今天的風……好日好事！可喜可賀。」

到深夜，執筆（一室一人一燈的好處）感覺像是把昨夜搶回來了。

前天地下足袋（譯注：大拇指與其他腳趾分為二的足袋）破了，因此左腳疼痛正傷腦筋時，運氣好找到人家丟棄的一隻塑膠長筒鞋，將它割裂代替足袋底，沒問題了——尋找的東西是給予的，讓我想起必要是發明之母這句話。」

這時的山頭火脫下袈裟，也沒托鉢，錫杖未持，非僧非俗乞食，難怪被狗咬！

97

初孫がうまれたそうな風鈴の鳴る

如賀長孫生，風鈴叮噹鳴

說明

在一九三八年（昭和十三年）七月十四日的日記，山頭火寫道：「K來信說，生了女孩，母子均安。只能自言自語：恭喜！恭喜！」

長孫出生，身為祖父豈有不高興的道理，然而，這首俳句的前言「自嘲」，究竟何意？

山頭火與兒子健之間曾有過心結。一九三七年（昭和十二年）三月十七日山頭火突然造訪兒子新婚家庭，二人之間心結雖解，終究還無法如一般父子融洽。「自嘲」，或許是這般心情吧！

98

窓あけて窓いっぱいの春

推窗一望，春滿窗

說明

何時之作？不確定。據推斷，可能是一九三八年（昭和十三年）三月一日。日記裡寫道：「春風春水一時到。」俳句如何表現呢？這時或許想起他前陣子讀到的千利休的話。山頭火說：「利修談茶湯心得的話裡有這麼一條，花，像花的樣子讓人欣喜的話語。活用東西的生命，尊重物德之心，這就是藝術，就是道德，也是宗教。」

最後寫出這句，利用窗的框架制約，增添春光的光輝。

99

砂に足あとのどこまでつづく

沙灘留足跡　延續到哪裡

說明

一九四〇年（昭和十五年）五月三十一日於福岡縣神湊海岸之作。

山頭火那時候住在松山的「一草庵」，意識到死期已近，為了向受過照顧的俳友道別，踏上旅途。日記裡寫道：

「午後離開飯尾青城子居處，搭電車到黑崎，從那裏搭火車到赤間，又從那裏搭巴士到神湊，參拜鄰船寺，與俊和尚握手，久久。帶我到之前的住宿處招待我，雖覺得過意不去，還是吃吃喝喝，好吃好喝。一起睡覺，我一直睡不著。」

從神湊的鄰船寺到之前住宿處，步行僅數分鐘。又海岸近在眼前，山頭火在此散步。

100

一羽来て啼かない鳥である

飛來一隻鳥，不啼也不叫

說明

這句的前言為：「十一月遷居湯田的風來居。」一九三八年（昭和十三年）十一月下旬，「其中庵」崩頹不能住，因此租借山口市湯田溫泉一間四帖半的獨立戶，命名「風來居」。

那時日本軍國主義興盛，像山頭火這樣的乞食者更是抬不起頭來。那陣子的日記曾記載：「深深感到不如去賣豆腐好了！依靠朋友支助覺得厭煩、對不起。」

另一天的日記則寫：「昨天今天都一整天未離開桌子；可是工作無進展，我真的是懶惰蟲。

整理俳句稿子。秋季的俳句幾百句，其中挑選出來的有幾首呢？

——鮮明被照見，近來的我是多麼懶惰呀！

不只是俳句，我的行動如何呢？——可以無聊一語蔽之不是嗎？

反省不足，努力不足，自重不足，一切都不足！」

窩在斗室之內埋首寫俳句；卻自省一切都不足。

那麼這隻不啼叫的鳥，不是山頭火自己又是誰呢？

後記

一本書的誕生

那一年，確實是哪一年，已經記不清了。在某個場合，我跟聯經出版公司發行人林載爵先生提到山頭火。他馬上說，這個我有興趣。

我對此感到訝異，當時在臺灣，知道山頭火這名字的很少。

我記得在大學任教時，某次日本文學史考試，我曾出過這樣的題目：「請就你所知敘述山頭火。」

不少學生回答山頂上燒的火。顯然是望文生義，也是自然的反應。

所以，林載爵先生的回答，深印腦海。我希望有一天能夠回報林先生的「知遇」之恩。

後來有機會和輔大同事們同遊日本，中村祥子教授是山口縣人，特別帶我們到山頭火住過最久的「其中庵」參觀，看她眼中發出亮光，顯然對於故鄉出了這麼一位詩人，相當有自信，也引以為傲的樣子。

當時我們在新山口驛（舊小郡驛），大雨中看著矗立在車站前山頭火的塑像，不免心頭一悸！身穿袈裟，手持一頂大斗笠，帶著眼鏡，這樣的造型，本身就有一股吸引力，耐人尋味。

因此，我暗下決心要介紹這位魅力十足的俳句詩人，種田山頭火。

這次，這本《行乞的詩人》能夠順利出版，背後有許多人的幫助：

首先感謝任教於東北公益文科大學的吳衛峰教授，為我介紹山頭火相關重要文獻，還影印、代購重要書籍、資料等，這份情誼，十足珍貴，感謝！

山頭火故鄉館所藏短冊資料以及山頭火照片，是透過輔仁大學中村祥子教授聯絡、無償取得的。又，其中庵和新山口驛的山頭火照片也是中村教授請她父母代為拍攝的。冬天寒風冷雨中，勞動老人家幫忙，真是過意不去。深深一鞠躬！

本書出版前，部分作品已在《聯合報》副刊、《自由時報》副刊、《中華日報》副刊刊登，引起多數讀者注意。謝謝宇文正、孫梓評、李謙易諸位主編。

最後謝謝聯經副總編輯陳逸華先生，譯釋期間多次給予寶貴意見，以及編輯杜芳琪小姐的費心編排。

林水福謹記

二〇二三年六月十日

本書主要參考資料（致上深深謝忱）

- 《新潮日本文学アルバム　40　種田山頭火》，新潮社，一九九三年六月十日
- 《山頭火　名句鑑賞》，村上護，春陽堂書店，二〇一八年五月二十日
- 《種田山頭火》，村上護，ミネルヴァ書房，二〇一九年七月十日
- 《山頭火秀句鑑賞事典》，北影雄幸，勉誠出版，二〇一四年六月十日
- 《山頭火の放浪　山頭火への旅》，吉田正孝，二〇一九年八月三十日
- 《俳諧の詩学》，川本皓嗣，岩波書店，二〇一九年九月二十六日
- 《俳句の世界》，小西甚一，講談社，一九九五年一月十日
- 《俳句の現在と古典》，乾裕幸，平凡社，一九八八年七月十二日
- 《国文学解釈と教材の研究　山頭火と放哉》，学燈社，一九九五年一月號
- 《国文学解釈と教材の研究　俳句　世界のHAIKU》，学燈社，二〇〇五年九月號

- 《国文学解釈と教材の研究　俳句の謎》，学燈社，一九九六年二月臨時增刊號
- 《国文学解釈と鑑賞　種田山頭火の世界》，至文堂，二〇〇四年十月號
- 《国文学解釈と鑑賞　特集　現代俳句の世界》，至文堂
- 《山頭火俳句集》，李芒編譯，浙江文藝出版社，一九九一年九月

種田山頭火生平年表

西元	日本紀元	年齡	事蹟
一八八二	明治十五年	一歲	十二月三日生於山口縣佐波郡西佐波令村第一三六番地（現防府市八王子二丁目）。父竹治郎、母房（fusa），長男，名正一。上有年長一歲的姊姊幸。父十五歲繼承家業，成大地主。有祖母同住。
一八八五	明治十八年	三歲	一月八日，妹妹靜（sizu）出生。
一八八七	明治二十年	五歲	一月十日，弟弟二郎出生。
一八八九	明治二十二年	七歲	四月，入佐波村立松崎尋常高等小學校尋常科就讀。父任佐波郡祕書。
一八九二	明治二十五年	十歲	三月六日，母投自家井自殺，得年三十二。之後，小孩由祖母撫養。父熱中政治，又蓄妾數名，開始過著遊蕩的生活。

西元	日本紀元	年齡	事蹟
一八九三	明治二十六年	十一歲	三月十七日，弟弟二郎過繼給佐波郡華城村的有富九郎治當養子。 四月，進高等科。
一八九六	明治二十九年	十四歲	三月，松崎尋常高等小學校高等科第三學年課程修畢。 四月，入學私立周陽學舍（三年制中學，現防府高中）。
一八九七	明治三十年	十五歲	姊姊幸嫁給佐波郡右田村的町田米四郎。
一八九九	明治三十二年	十七歲	七月，周陽學校（改稱）第一名畢業。 九月，編入縣立山口尋常中學。
一九〇一	明治三十四年	十九歲	三月，山口尋常中學畢業。 七月，就讀私立東京專門學校（早稻田前身）高等預科。
一九〇二	明治三十五年	二十歲	四月，與同學一起訪大隈重信，拍攝紀念照。 五月，姊姊幸逝世，妹妹靜嫁米四郎當後妻。 七月，東京專門學校高等預科畢業。 九月，就讀早稻田大學大學部文學科。飲酒習慣開始。
一九〇四	明治三十七年	二十二歲	因神經衰弱自早稻田大學退學，回鄉療養。種田家賣掉一部份房地。

一九〇六	明治三十九年	二十四歲	父家業失敗，買下山口縣吉敷郡大道村的酒藏，開始經營造酒業。舉家遷移到大道村。
一九〇八	明治四十一年	二十六歲	種田家家產全部賣光。
一九〇九	明治四十二年	二十七歲	八月二十日，與佐波郡和田村佐藤光之輔長女咲野結婚。
一九一〇	明治四十三年	二十八歲	八月三日，長男健出生。大約從這時候開始無節制飲酒。
一九一一	明治四十四年	二十九歲	四月，《層雲》創刊。 五月，加入地方文藝雜誌《青年》為同人，發表定型俳句及翻譯屠格涅夫作品。以田螺公筆名發表俳句。與俳友交遊頻繁。
一九一二	明治四十五年 大正元年	三十歲	一月二十八日，宣布相當時間遠離一切文藝。
一九一三	大正二年	三十一歲	師事荻原井泉水。 五月，開始使用俳號山頭火。八月，創刊個人雜誌《鄉土》。

西元	日本紀元	年齡	事蹟
一九一四	大正三年	三十二歲	十月二十七日，井泉水出席熊毛郡田布施町的一夜句會，與山頭火初會面。翌日，接待井泉水，在防府舉行掠鳥會俳句會，發行掠鳥句集《自畫像》（輪流閱覽雜誌），成為防府俳壇中心人物。 第一次世界大戰爆發，井泉水宣布廢止季題。
一九一五	大正四年	三十三歲	雖為腳氣病所惱，仍努力經營造酒廠。酒窖的酒腐敗，經營陷入危機。試作口語自由詩。 碧梧桐創刊《海紅》。新傾向俳句中，海紅派與層雲派平分秋色。
一九一六	大正五年	三十四歲	三月，任《層雲》雜誌選者之一。 四月，種田家破產，父竹治郎行蹤不明。山頭火攜妻至熊本，投靠文藝誌同仁兼崎地孫等。 五月，在熊本市下通町一丁目一百十七番地開設舊書店，店名「雅樂多」。 十二月，弟弟二郎被解除養子關係。
一九一七	大正六年	三十五歲	三月，久保白船來訪。 七月，芹田鳳車來訪，同遊水前寺公園。活躍於熊本歌壇，有時出席短歌會。

一九一八	大正七年	三十六歲	回故鄉防府市與掠鳥會同仁會合。 六月十八日，弟弟二郎於岩國愛宕山中縊死，山頭火急至岩國。
一九一九	大正八年	三十七歲	四月，至大牟田訪木村綠平，深交。 十月，投靠先上京的茂孫唯士，單身上東京，住宿下戶塚，在東京市水泥試驗場打工。 十二月二十三日，祖母辭世。
一九二〇	大正九年	三十八歲	十一月十一日，山頭火與妻咲野離婚。咲野養育兒子健，經營「雅樂多」。 十一月十八日，任東京市役所臨時雇員，於一橋圖書館勤務。日薪一圓三十五錢。
一九二一	大正十年	三十九歲	五月八日，父竹治郎死亡。任正式東京市事務員，月薪四十二圓。
一九二二	大正十一年	四十歲	十月，因都會生活疲累，回熊本一段時間。 十二月二十日，因神經衰弱症，辭去東京市事務員，離職金四十五圓。在東京當賣畫框的小販。
一九二三	大正十二年	四十一歲	九月一日，關東大地震，避難中被憲兵逮捕，關在巢鴨監獄。九月底，回熊本。 十月，暫居熊本市郊外的川湊。

西元	日本紀元	年齡	事蹟
一九二四	大正十三年	四十二歲	十二月，酒醉在熊本市公會堂前擋住行駛中的電車。被帶到市內東外坪井町報恩寺，因此機緣入禪門。
一九二五	大正十四年	四十三歲	二月，在報恩寺（曹洞宗）由望月義庵剃度出家。改名耕畝，坐禪修行。 三月五日，任熊本縣鹿本郡植木町味取的觀音堂（曹洞宗瑞泉寺）住持。於附近托缽。 五月，綠平來訪。 七月，訪綠平。 八月，回防府，掃墓。 十月，訪大分縣佐伯的工藤好美。
一九二六	大正十五年 昭和元年	四十四歲	四月十日，厭倦山林獨居，離開觀音堂，外出過一缽一笠的行乞放浪生活。第一句是「撥草前行行復行，依舊青山入眼來」。
一九二七	昭和二年	四十五歲	一月，於廣島縣內海町迎新年。 九月，在山陰地方行乞。
一九二八	昭和三年	四十六歲	一月，於德島迎新年。巡會拜謁四國八十八處札所。 七月，度小豆島於西光寺宿五夜，祭拜放哉墓。

西元	年號	年齡	事蹟
一九二九	昭和四年	四十七歲	一月，於廣島迎新年，在山陽地方行乞。 二月，於北九州地方行乞。在下關訪地橙孫、糸田訪綠平、飯塚訪兒子健。三月回熊本的「雅樂多」，停留到八月。 九月，外出行乞。 十一月三日，於阿蘇內牧迎井泉水，與俳友歡談。年底回熊本。
一九三〇	昭和五年	四十八歲	一月，在熊本市石元寬居召開新年會，與俳友交流。留在「雅樂多」。 四月，種田健入秋田礦山專門學校。 九月，在宮崎地方行乞，途中訪俳友，參加句會。 十二月，經福岡回熊本，租借市內春竹琴平町的二樓一室，命名「三八居」，過著自炊生活。
一九三一	昭和六年	四十九歲	一月，於三八居迎新年。舉辦三八九會第一次句會。 二月二日，油印發行個人誌《三八九》第一集。 三月五日，發行《三八九》第二集。 三月三十日，發行《三八九》第三集。 三月，因爛醉被關在拘留所。 六月，退租三八居，寄宿「雅樂多」。 十二月，外出行乞。

西元	日本紀元	年齡	事蹟
一九三二	昭和七年	五十歲	一月，於福岡長尾租借的木板房迎新年，二日訪綠平。之後，於九州西北部行乞。從六月到八月逗留山口縣川棚溫泉，希望在這裡結庵，但失敗。 六月，發行第一句集《鐵缽》。 九月二十日，因國森樹明的支援於山口縣小郡町矢足村結庵，命名「其中庵」。 十二月十五日，發行第四集《三八九》。
一九三三	昭和八年	五十一歲	一月二十日發行《三八九》第五集。 二月二十八日發行《三八九》第六集（終止）。 五月，望月義庵訪山頭火於「其中庵」。 十一月三日，迎井泉水於「其中庵」，召開句會，有白船、大山澄太、近木黎黎火等多數人參加。 十二月三日，發行第二句集《草木塔》。秋天，生前唯一的句碑「松樹盡垂枝合掌　南無觀世音」立於福岡縣玄海町神湊的鄰船寺境內。

一九三四	昭和九年	五十二歲	在福岡地方行乞，訪糸田的綠平。 四月十五日，出席魚販田町的句會後發燒，至二十八日為止住院於川島醫院。 四月二十九日回「其中庵」。 五月一日，兒子健來探望。
一九三五	昭和十年	五十三歲	一月，於「其中庵」迎新年。住庵日多。 二月八日，第二句集《山行水行》刊行。雲遊北九州，與句友交遊、酒會，到飯塚看兒子健，到糸田訪綠平。 八月六日，自殺未遂。 十二月六日，出發東上之旅，尋找死亡場所。
一九三六	昭和十一年	五十四歲	於岡山迎新年，訪圓通寺（良寬修行之寺）。 二月二十八日，第四句集《雜草風景》刊行。 四月，經鎌倉，五日抵東京，之後遊伊豆，出席二十六日於東京召開的《層雲》中央大會。 六月，尋找良寬遺跡，經山形、仙台，至平泉。意識芭蕉之旅所作旅行的最北極限。 七月二十二日，回「其中庵」。

西元	日本紀元	年齡	事蹟
一九三七	昭和十二年	五十五歲	三月，於九州地方行乞，於飯塚探望兒子健，於熊本探望咲野。 八月五日，第五句集《柿之葉》刊行。 十一月，酒醉飲食無錢付，被山口警局拘留。
一九三八	昭和十三年	五十六歲	十一月下旬，「其中庵」崩頹，移居山口縣湯田溫泉四疊半的房間，取名「風來居」。
一九三九	昭和十四年	五十七歲	一月，於風來居迎新年。 一月二十五日，第六句集《孤寒》刊行。 三月三十一日，出發冬上之旅，到近畿、東海、木曾。於伊那拜謁俳人井月之墓。 五月十六日，回湯田溫泉。 十月六日，出發四國便路之旅，巡拜香川、德島、高知的靈場。中途放棄，轉向松山。 十一月二十一日，寄宿道後藤岡政一家。 十二月十五日，因高橋一洵等的幫助，將松山市御幸寺境內的儲藏室改造供山頭火居住，命名「一草庵」。

一九四〇	昭和十五年	五十八歲	一月，於一草庵迎新年。 四月二十八日，將以往的經摺裝句集集成《草木塔》，由東京的八雲書林刊行。往中國、四國、九州雲遊，攜《草木塔》贈送俳友。 六月三日結束最後之旅，回一草庵。 十月十日，於一草庵舉行句會，庵主未出席，於鄰室休息。庵主喝醉是常有的事，句友未打招呼即散會。據推測十月十一日午前四時，因心臟麻痺死亡。

（參考村上護、渡邊利夫年表編成）

感謝名簿

輔仁大學日本語文學系副教授　中村祥子

・卷頭山頭火寫真

旧小林写真館本店　小林銀汀、小林由美子さま　撮影

・短冊資料

山頭火ふるさと館所蔵

学芸員　高張優子さま　提供

・封面題字

國立台南大學國文系專任助理教授　林俊臣

行乞的詩人：種田山頭火俳句百首精選

2023年7月初版　定價：新臺幣450元

著者	種田山頭火
譯者	林水福
叢書編輯	杜芳琪
內文排版	菩薩蠻
封面設計	張巖

出版者	聯經出版事業股份有限公司
地址	新北市汐止區大同路一段369號1樓
叢書編輯電話	(02)86925588轉5394
台北聯經書房	台北市新生南路三段94號
電話	(02)23620308
郵政劃撥帳戶第	0100559-3號
郵撥電話	(02)23620308
印刷者	世和印製企業有限公司
總經銷	聯合發行股份有限公司
發行所	新北市新店區寶橋路235巷6弄6號2樓
電話	(02)29178022

副總編輯	陳逸華
總編輯	涂豐恩
總經理	陳芝宇
社長	羅國俊
發行人	林載爵

行政院新聞局出版事業登記證局版臺業字第0130號

本書如有缺頁，破損，倒裝請寄回台北聯經書房更換。　ISBN 978-957-08-6975-0 (平裝)
聯經網址：www.linkingbooks.com.tw
電子信箱：linking@udngroup.com

國家圖書館出版品預行編目資料

行乞的詩人：種田山頭火俳句百首精選/種田山頭火著．
林水福譯．初版．新北市．聯經．2023年7月．184面＋8面彩色．
14.8×21公分
ISBN　978-957-08-6975-0（平裝）

861.523　　　　　　　　　　　　　　　　　　　112009232